U0079243

JAPANESE

我的

菜日文

生活會話篇

不必背文法，立即開口說日語！

MP3

附50音發音表

▶ 讓您用菜日文也能充分表現自我！

清音　track 002

あ ア	い イ	う ウ	え エ	お オ
阿	衣	烏	せ	歐
a	i	u	e	o
か カ	き キ	く ク	け ケ	こ コ
咖	key	哭	開	口
ka	ki	ku	ke	ko
さ サ	し シ	す ス	せ セ	そ ソ
撒	吸	思	誰	搜
sa	shi	su	se	so
た タ	ち チ	つ ツ	て テ	と ト
他	漆	此	貼	偷
ta	chi	tsu	te	to
な ナ	に ニ	ぬ ヌ	ね ネ	の ノ
傘	你	奴	內	no
na	ni	nu	ne	no
は ハ	ひ ヒ	ふ フ	へ ヘ	ほ ホ
哈	he	夫	嘿	吼
ha	hi	fu	he	ho
ま マ	み ミ	む ム	め メ	も モ
媽	咪	母	妹	謀
ma	mi	mu	me	mo
や ヤ		ゆ ユ		よ ヨ
呀		瘀		優
ya		yu		yo
ら ラ	り リ	る ル	れ レ	ろ ロ
啦	哩	嚕	勒	摟
ra	ri	ru	re	ro
わ ワ		を ヲ		ん ン
哇		喔		嗯
wa		o		n

濁音、半濁音　track 003

が ガ	ぎ ギ	ぐ グ	げ ゲ	ご ゴ
嘎	個衣	古	給	狗
ga	gi	gu	ge	go
ざ ザ	じ ジ	ず ズ	ぜ ゼ	ぞ ゾ
紫	基	資	賊	走
za	ji	zu	ze	zo
だ ダ	ぢ ヂ	づ ヅ	で デ	ど ド
搭	基	資	爹	兜
da	ji	zu	de	do
ば バ	び ビ	ぶ ブ	べ ベ	ぼ ボ
巴	逼	捕	背	玻
ba	bi	bu	be	bo
ぱ パ	ぴ ピ	ぷ プ	ぺ ペ	ぽ ポ
趴	披	撲	呸	剖
pa	pi	pu	pe	po

拗音

きゃ キャ	きゅ キュ	きょ キョ
克呀	Q	克優
kya	kyu	kyo
しゃ シャ	しゅ シュ	しょ ショ
瞎	嘘	休
sha	shu	sho
ちゃ チャ	ちゅ チュ	ちょ チョ
掐	去	秋
cha	chu	cho
にゃ ニャ	にゅ ニュ	にょ ニョ
娘	女	妞
nya	nyu	nyo
ひゃ ヒャ	ひゅ ヒュ	ひょ ヒョ
合呀	合瘵	合優
hya	hyu	hyo
みゃ ミャ	みゅ ミュ	みょ ミョ
咪呀	咪瘵	咪優
mya	myu	myo
りゃ リャ	りゅ リュ	りょ リョ
力呀	驢	溜
rya	ryu	ryo

ぎゃ ギャ	ぎゅ ギュ	ぎょ ギョ
哥呀	哥瘵	哥優
gya	gyu	gyo
じゃ ジャ	じゅ ジュ	じょ ジョ
加	居	糾
ja	ju	Jo
ぢゃ ヂャ	ぢゅ ヂュ	ぢょ ヂョ
加	居	糾
ja	ju	jo
びゃ ビャ	びゅ ビュ	びょ ビョ
逼呀	逼瘵	逼優
bya	byu	byo
ぴゃ ピャ	ぴゅ ピュ	ぴょ ピョ
披呀	披瘵	披優
pya	pyu	pyo

序　言

想要輕鬆學會日語，最重要的就是「開口説」。

　　許多日語學習都最大的煩惱，就是學了日語，卻沒有辦法在實際生活中運用。本書特別使用中文式發音學習法，列出日常生活中出現頻率最高的會話短句，協助您順利開口説日語。

　　本書中，在介紹常用短句的同時，也列出了相關的實用會話和應用句，讓您可以擁有更充足的短句、會話資料庫。在「説明」單元中，也會詳細説明該短句使用的時機，以及日本相關的風俗民情。只要將它隨身攜帶，不但可以隨時學習，還能查詢、練習會話。

　　對照書中的中文式發音，再配合本書所附的 MP3，讀者可以快速掌握發音技巧，並加強日語發音的正確性，不怕出現發音錯誤的窘況。

　　依照本書反覆閱讀、勇於開口練習，相信日語程度不需多久必能有長足的進步。

範　例

勉強しないの？ ── 日文
背嗯克優一吸拿衣 no ── 中文式發音
be.n.kyo.u.shi.na.i.no. ── 羅馬拼音
你不念書嗎？ ── 中譯

「中文式發音」特殊符號

「一」表示「長音」，前面的音拉長一拍，再發下一個音。
「‧」表示「促音」，稍停頓半拍後再發下一個音。

日常禮儀篇

發問徵詢篇

9

請求協助篇

個人喜好篇

開心感嘆篇

不滿抱怨篇

發語答腔篇

身心狀態篇

成語俚語篇

Chapter 01

日常禮儀篇

我的 菜 日文 生活 會話 篇 JAPANESE

すみません。

思咪媽誰嗯
su.mi.ma.se.n.
不好意思／謝謝。

「すみません」也可説成「すいません」，是「抱歉」、「對不起」的意思。這句話可説是日語會話中最常用、也最好用的一句話。通常是用於表達歉意的時候。此外，向人開口攀談的時候，也可以用「すみませんが」或「あのう…すみません」來當作開場白，表示「不好意思，我想…」。
接受幫忙後表達謝意時，也可以用「すみません」，意為不好意思麻煩對方了。

會話 1

Ⓐ 今晩　飲みに　行きましょうか？
口嗯巴嗯 no 咪你　衣 key 媽休一咖
ko.n.ba.n. no.mi.ni. i.ki.ma.sho.u.ka.
今晩要不要去喝一杯？

Ⓑ すみません。　今日は　　ちょっと…。
思咪媽誰嗯　克優哇　　秋・偷
su.mi.ma.se.n. kyo.u.wa. cho.tto.
對不起，今天有點事。

會話 2

Ⓐ あのう…すみません。
阿 no 一　　思咪媽誰嗯
a.no. su.mi.ma.se.n.
呃…不好意思。

Ⓑ はい、どうしましたか？
哈衣　　兜一吸媽及他咖
ha.i.　do.u.shi.ma.shi.ta.ka.
怎麼了嗎？

Ⓐ きっぷを　買いたいんですが、この機械の　使い方が
わかりません。　どうしたら　いいですか？

key・撲喔　咖衣他衣嗯爹思嘎　口 no key 咖衣 no　此咖
衣咖他嘎　哇咖哩媽誰嗯　兜一吸他啦　衣一爹思咖
ki.ppu.o.　ka.i.ta.i.n.de.su.ga.　ko.no.ki.ka.i.no.tsu.ka.i.
ka.ta.ga.　wa.ka.ri.ma.se.n.　do.u.shi.ta.ra.　i.i.de.su.ka.
我想要買車票，但不會用這個機器。該怎麼辦呢？

會話3

Ⓐ 資料を　持ってきました。
吸溜喔　　謀・貼 key 媽吸他
shi.ryo.u.o.　mo.tte.ki.ma.shi.ta.
我把資料拿來了。

Ⓑ わざわざ　すみません。
哇紮哇紮　　思咪媽誰嗯
wa.za.wa.za.　su.mi.ma.se.n.
讓您費心了。(這裡的すみません帶有謝謝的意思。)

ごめん。

狗妹嗯
go.me.n.
對不起。

説 明

「ごめん」也是「對不起」的意思，「ごめん」是口語説法，正式一點的也可以説「ごめんなさい」。但這句話和「すみません」比起來，較不正式。通常用於非正式的場合。

若是不小心撞到別人，或是向人鄭重道歉時，用「すみません」會比説「ごめんなさい」來得更為正式有禮貌。

會話 1

Ⓐ カラオケに　行かない？
　咖啦歐開你　衣咖拿衣
　ka.ra.o.ke.ni.　i.ka.na.i.
　要不要一起去唱卡拉 ok ？

Ⓑ ごめん、今日は　用事が　あるんだ。
　狗妹嗯　　克優哇　優一基嘎　阿嚕嗯搭
　go.me.n.　kyo.u.wa.　yo.u.ji.ga.　a.ru.n.da.
　對不起，我今天剛好有事。

會話 2

Ⓐ ね、　一緒に　　遊ぼうよ。
　內　衣・休你　　阿搜玻一優
　ne.　i.ssho.ni.　a.so.bo.u.yo.
　一起玩吧！

Ⓑ ごめん、　今は　ちょっと、　あとでいい？
　狗妹嗯　　衣媽哇　秋・偷　　阿偷參衣一

go.me.n.　　i.ma.wa.　　cho.tto.　　a.to.de.i.i.
對不起，現在正忙，等一下好嗎？

會話 3

Ⓐ せっかく　　ですから、　ご飯でも　　行かない？
誰・咖哭　　爹思咖啦　狗哈嗯爹謀　衣咖拿衣
se.kka.ku.　de.su.ka.ra.　go.ha.n.de.mo.　i.ka.na.i.
難得見面，要不要一起去吃飯？

Ⓑ ごめん、ちょっと　用が　　あるんだ。
狗妹嗯　秋・偷　優一嘎　阿嚕嗯搭
go.me.n.　　cho.tto.　yo.u.ga.　　a.ru.n.da.
對不起，我還有別的事。

申し訳ありません。
もうわけ

謀一吸哇開阿哩媽誰嗯

mo.u.shi.wa.ke.a.ri.ma.se.n.

深感抱歉。

説　明

在工作或是正式的場合，要鄭重表達自己的歉意，或者是向地位比自己高的人道歉時，只用「すみません」，會顯得誠意及禮貌不足，應該要使用「申し訳ありません」、「申し訳ございません」，表達自己深切的悔意。禮貌的程度為「ごめんなさい」<「すみません」<「申し訳ありません」。

會　話

Ⓐ こちらは　102号室です。　エアコンの　調子が　悪いようです。

口漆啦哇　衣漆媽嚕你狗一吸此　爹思　せ阿口嗯no秋一吸嘎　哇嚕衣優一爹思

ko.chi.ra.wa.　i.chi.ma.ru.ni.go.u.shi.tsu.　de.su.　e.a.ko.n.no.　cho.u.shi.ga.　wa.ru.i.yo.u.de.su.

這裡是 102 號房，空調好像有點怪怪的。

Ⓑ 申し訳　ありません。　ただいま　点検　します。

謀一吸哇開　阿哩媽誰嗯　他搭衣媽　貼嗯開嗯　吸媽思

mo.u.shi.wa.ke.　a.ri.ma.se.n.　ta.da.i.ma.te.n.ke.n.shi.ma.su.

眞是深感抱歉，我們現在馬上去檢查。

相　關

⊃ みんなさんに　申し訳ない。
もうわけ

咪嗯拿撒嗯你　謀一吸哇開拿衣
mi.n.na.sa.n.ni.　mo.u.shl.wa.ke.na.i.
對大家感到抱歉。

→ 申し訳 ありませんが、明日は 出席 できません。

謀一吸哇開　阿哩媽誰嗯嘎　阿吸他哇　噓・誰key　爹
key 媽誰嗯
mo.u.shi.wa.ke.　a.ri.ma.se.n.　a.shi.ta.wa.　shu.sse.ki.
de.ki.ma.se.n.
眞是深感抱歉，我明天不能參加了。

→ お忙しい　ところ　申し訳　ありませんが、少し
お時間を　いただけますか？

歐衣搜嘎吸一　偷口摟　謀一吸哇開　阿哩媽誰嗯嘎
思口吸　歐基咖嗯喔　衣他搭開媽思咖
o.i.so.ga.shi.i.　to.ko.ro.　mo.u.shi.wa.ke. a.ri.ma.se.
n.ga.　su.ko.shi.　o.ji.ka.n.o.　i.ta.da.ke.ma.su.
ka.
百忙之中不好意思，可以耽誤你一點時間嗎？

→ 申し訳　ありませんが、ただいま　名刺を　切ら
して　おりまして…。

謀一吸哇開　阿哩媽誰嗯嘎　他搭衣媽　妹一吸喔　key
啦吸貼　歐哩媽吸貼
mo.u.shi.wa.ke.　a.ri.ma.se.n.ga.　ta.da.i.ma.
me.i.shi.o.　ki.ra.shi.te.　o.ri.ma.shi.te.
對不起，我的名片剛好用完了。

構わない。

咖媽哇拿衣
ka.ma.wa.na.i.
不在乎。

説 明

「構う」是「介意」、「在意」的意思，否定形的「構わない」即是表示不在乎，用來表示不介意或不在意某件事，也可以説「気にしない」。通常用於接受對方道歉或是告知的時候。若是要請對方別介意的話，則要説「気にしないでください」。

會話 1

Ⓐ 行きましょうか？
衣 key 媽休一咖
ro.i.ki.ma.sho.u.ka.
該走了。

Ⓑ わたしに 構わないで 先に行って。
哇他吸你　咖媽哇拿衣爹　撒 key 你衣 • 貼
wa.ta.shi.ni. ka.ma.wa.na.i.de. sa.ki.ni.i.tte.
別在意我，你先走吧！

會話 2

Ⓐ 勉強 しないの？
背嗯克優一　吸拿衣 no
be.n.kyo.u.shi.na.i.no.
你不念書嗎？

Ⓑ うん、期末なんて ちっとも 構わないから。

烏嗯　key 媽此拿嗯貼　漆・偷謀　咖媽哇拿衣咖啦
u.n.　ki.ma.tsu.na.n.te.　chi.tto.mo.ka.ma.wa.na.i.ka.ra.
不念，我覺得期末考才沒什麼大不了的。

Ⓐ そんな　事言うな。一緒に　頑張ろう！
搜嗯拿　口偷衣烏拿　衣・休你　嘎嗯巴摟一
so.n.na.　ko.to.i.u.na.　i.ssho.ni.　ga.n.ba.ro.u.
不要這麼說！一起加油吧！

相　關

➲ タバコを　吸っても　構いませんか？
他巴口喔　思・貼謀　咖媽衣媽誰嗯咖
ta.ba.ko.o.　su.tte.mo.　ka.ma.i.ma.se.n.ka.
可以吸煙嗎？

➲ いつでも　構わないよ。
衣此爹謀　咖媽哇拿衣優
i.tsu.de.mo.　ka.ma.wa.na.i.yo.
隨時都可以。

ありがとう。

阿哩嘎偷一
a.ri.ga.to.u.
謝謝。

説明

「ありがとう」是「謝謝」的意思。通常在非正式的場合，對店員、平輩、晚輩使用的時候，只要説「ありがとう」或是「どうも」即可以表示謝意。但是在職場或是正式場合，對客人或是長輩表達謝意的時候，最好使用更能表示敬意的「ありがとうございます」或是「ありがとうございました」。

會話 1

Ⓐ これ、手作りの 手袋です。 気に 入って いただけたら うれしいです。

口勒　貼資哭哩no　貼捕哭捜爹思　key你　衣・貼衣他搭開他啦　烏勒吸一爹思

ko.re.　te.du.ku.ri.no.　te.bu.ku.ro.de.su.　ki.ni.　i.tte.
i.ta.da.ke.ta.ra.　u.re.shi.i.de.su.

這是我自己做的手套。如果你喜歡的話就好。

Ⓑ ありがとう。

阿哩嘎偷一

a.ri.ga.to.u.

謝謝。

會話 2

何が あっても わたしは あなたの 味方よ。

拿你嘎　阿・貼謀　哇他吸哇　阿拿他no　咪咖他優

na.ni.ga.　a.tte.mo.　wa.ta.shi.wa.　a.na.ta.no.　mi.ka.
ta.yo.
不管發生什麼事，我都站在你這邊。

Ⓑ ありがとう！心が　　強く　なった。
阿哩嘎偷一　　口口撰嘎　　此優哭　拿・他
a.ri.ga.to.u.　ko.ko.ro.ga.　tsu.yo.ku.　na.tta.
謝謝你，我覺得更有勇氣了。

會話 3

Ⓐ あのう、すみませんが。手荷物は　どこで　受け取る
ん　ですか？
阿 no 一　思咪媽誰嗯嘎　　貼你謀此哇　兜口爹　烏開
偷嚕嗯　爹思咖
a.no.u.　su.mi.ma.se.n.ga.　te.ni.mo.tsu.wa.
do.ko.de.　u.ke.to.ru.n.　de.su.ka.
不好意思，請問行李在哪裡拿呢？

Ⓑ どちらの　飛行機で　来たん　ですか。
兜漆啦 no　he ロー key 爹　key 他嗯　爹思咖
do.chi.ra.no.　hi.ko.u.ki.de.　ki.ta.n.de.su.ka.
你是坐哪一家航空？

Ⓐ チャイナエアラインの　００１便　です。
按衣拿世阿啦衣嗯 no　賊撰賊撰衣漆逼嗯　爹思
cha.i.na.e.a.ra.i.n.no.　ze.ro.ze.ro.i.chi.bi.n.　de.su.
我坐華航 001 次班機。

Ⓑ それは　あそこです。3番目の　ベルトコンベヤー　で
す。

搜勒哇　　阿搜口爹思　　撒嗯巴嗯妹 no　背嚕偷口嗯
背呀一爹思

so.re.wa.　　a.so.ko.de.su.　　sa.n.ba.n.me.no.
be.ru.to.ko.n.be.ya.a.de.su.

那是在那邊，第 3 號行李轉盤。

Ⓐ　どうも　ありがとう。

兜一謀　阿哩嘎偷一

do.u.mo.　　a.ri.ga.to.u.

謝謝你。

どういたしまして。

兜一衣他吸媽吸貼
do.u.i.ta.shi.ma.shi.te.
不客氣。

説明

幫助別人之後，當對方道謝時，要表示自己只是舉手之勞，就用「どういたしまして」請對方不必客氣。

會話 1

Ⓐ ありがとう　ございます。
阿哩嘎偷一　　狗紮衣媽思
a.ri.ga.to.u.　go.za.i.ma.su.
謝謝。

Ⓑ いいえ、どういたしまして。
衣一世　　兜一衣他吸媽吸貼
i.i.e.　do.u.i.ta.shi.ma.shi.te.
不，不用客氣。

會話 2

Ⓐ 杉浦さん、先日は　お世話に　なりました。大変助かりました。
思個衣烏啦撒嗯　誰嗯基此哇　歐誰哇你　拿哩媽吸他
他衣嘿嗯　他思咖哩媽吸他
su.gi.u.ra.sa.n.　se.n.ji.tsu.wa.　o.se.wa.ni.　na.ri.ma.shi.
ta.　ta.i.he.n.　ta.su.ka.ri.ma.shi.ta.
杉浦先生，前些日子受你照顧了。真是幫了我大忙。

Ⓑ いいえ、どういたしまして。

衣一世　兜一衣他吸媽吸貼
i.i.e.　do.u.i.ta.shi.ma.shi.te.
不，別客氣。

會話 3

Ⓐ すみません、図書館に　行きたいん　です が、今の　ど
　の　方向　ですか？
思咪媽誰嗯　偷休咖嗯你　衣 key 他衣嗯　爹思嘎　　衣
媽 no　　兜 no 吼一ロー　爹思咖
su.mi.ma.se.n.　to.sho.ka.n.ni.　i.ki.ta.i.n.de.su.ga.
i.ma.no.　do.no.ho.u.ko.u.　de.su.ka.
不好意思，我想要去圖書館，請問要往哪個方向？

Ⓑ 図書館　ですか？南の　ほうですよ。
偷休咖嗯　爹思咖　咪拿咪 no　吼一爹思優
to.sho.ka.n.　de.su.ka.　mi.na.mi.no.　ho.u.de.su.yo.
圖書館嗎？要往南邊。

Ⓐ はい、わかりました。どうも　ありがとう　ございます。
哈衣　哇咖哩媽吸他　兜一謀　阿哩嘎偷一　狗紮衣媽思
ha.i.　wa.ka.ri.ma.shi.ta.　do.u.mo.　a.ri.ga.to.u.　go.za.
i.ma.su.
好的，我知道了，謝謝你。

Ⓑ どういたしまして。
兜一衣他吸媽吸貼
do.u.i.ta.shi.ma.shi.te.
不客氣。

どうぞ。

兜一走
do.u.so.
請。

「どうぞ」這句話相當於中文裡的「請」、「請用」。要請對方不要有任何顧慮使用物品，或是請對方去做想做的事情時，就可以用這個字。

此外，常見的如「請多多指教」(どうぞよろしくお願いします)、「你先請」（どうぞお先に）皆為「どうぞ」的常見用法。

會　話

Ⓐ コーヒーを　どうぞ。
ロー he 一喔　兜一走
ko.o.hi.i.o.do.u.zo.
請喝咖啡。

Ⓑ ありがとう　ございます。
阿哩嘎偷一　狗紮衣媽思
a.ri.ga.to.u.　go.za.i.ma.su.
謝謝。

相　關

→ どうぞ　お先に。
兜一走　歐撒 key 你
do.u.zo.　o.sa.ki.ni.
您先請。

● はい、どうぞ。
哈衣　兜一走
ha.i.　do.u.zo.
好的，請。

● どうぞ　よろしく。
兜一走　優攫吸哭
do.u.zo.　yo.ro.shi.ku.
請多指教。

● つまらない　ものですが、どうぞ。
此媽啦拿衣　謀 no 爹思嘎　兜一走
tsu.ma.ra.na.i.　no.mo.　de.su.ga.　do.u.zo.
一點小意思，請笑納。

● いらっしゃい、どうぞ　お上がり　ください。
衣啦・瞎衣　兜一走　歐阿嘎哩　哭搭撒衣
i.ra.ssha.i.　do.u.zo.u.　o.a.ga.ri.　ku.da.sa.i.
歡迎，請進來坐。

どうも。

兜一謀
do.u.mo.
你好／謝謝。

説　明

和比較熟的朋友或是後輩，見面時可以用這句話來打招呼。向朋友表示感謝時，也可以用這句話。

會　話

Ⓐ そこの　お皿を　取って　ください。
搜口 no　歐撒啦喔　偷・貼　哭搭撒衣
so.ko.no.　o.sa.ra.o.　to.tte.　ku.da.sa.i.
可以幫我拿那邊的盤子嗎？

Ⓑ はい、どうぞ。
哈衣　兜一走
ha.i.　do.u.zo.
在這裡，請拿去用。

Ⓐ どうも。
兜一謀
do.u.mo.
謝謝。

相　關

➜ この　間は　どうも。
口 no　阿衣搭哇　兜一摸
ko.no.　a.i.da.wa.　do.u.mo.
前些日子謝謝你了。

先日は（どうも）。

誰嗯基此哇　兜一謀
se.n.ji.tsu.wa.　do.u.mo.
前些日子 (謝謝你)。

説　明

「先日」是「前些日子」、「之前」的意思，日本人的習慣是受人幫助或是到別人家拜訪後，再次見面時，仍然要感謝對方前些日子的照顧。常見的用法是「先日はどうも」、「先日はありがとうございました」、「先日はお世話になりました」。

會話1

Ⓐ 花田さん、先日は　結構な　ものを　いただきまして、本当に　ありがとう　ございます。

哈拿搭撒嗯　誰嗯基此哇　開・口一拿　謀 no 喔　衣他搭 key 媽吸貼　吼嗯偷一你　阿哩嘎偷一　狗紮衣媽思
ha.na.da.sa.n.　se.n.ji.tsu.wa.　ke.kko.u.na.　mo.no.o.　i.ta.da.ki.ma.shi.te.　ho.n.to.u.ni.　a.ri.ga.to.u.　go.za.i.ma.su.

花田先生，前些日子收了您的大禮，真是謝謝你。

Ⓑ いいえ、大した　ものでも　ありません。

衣一廿　他衣吸他　謀 no 爹謀　阿哩媽誰嗯
i.i.e.　ta.i.shi.ta.　mo.no.de.mo.　a.ri.ma.se.n.

哪兒的話，又不是什麼貴重的東西。

會話2

Ⓐ 杉浦さん、先日は　お世話に　なりました。大変　　助かりました。

思個衣烏啦撒嗯　誰嗯基此哇　歐誰哇你　拿哩媽吸他
他衣嘿嗯　他思咖哩媽吸他
su.gi.u.ra.sa.n.　se.n.ji.tsu.wa.　o.se.wa.ni.　na.ri.
ma.shi.ta.　ta.i.he.n.　ta.su.ka.ri.ma.shi.ta.

杉浦先生，前些日子受你照顧了。眞是幫了我大忙。

Ⓑ いいえ、どういたしまして。
衣一世　兜一衣他吸媽吸貼
i.i.e.　do.u.i.ta.sh.ma.shi.te.

不，別客氣。

相　關

➜ 先日は　どうも　ありがとう　ございました。
誰嗯基此哇　兜一謀　阿哩嘎偷一　狗紮衣媽吸他
se.n.ji.tsu.wa.　do.u.mo.　a.ri.ga.to.u.　go.za.i.ma.shi.ta.

前些日子謝謝你的照顧。

➜ 先日は　失礼　しました。
誰嗯基此哇　吸此勒一　吸媽吸他
se.n.ji.tsu.wa.　shi.tsu.re.i.　shi.ma.shi.ta.

前些日子的事眞是抱歉。

こんにちは。

口嗯你漆哇
ko.n.ni.chi.wa
你好

說　明

相當於中文中的「你好」。是除了早安和晚安之外，較常用的打招呼用語。

會話 1

Ⓐ こんにちは。
口嗯你漆哇
ko.n.ni.chi.wa.
你好。

Ⓑ こんにちは、いい天気ですね。
口嗯你漆哇　衣一貼嗯key　爹思內
ko.n.ni.chi.wa.　i.i.te.n.ki　de.su.ne.
你好，今天天氣真好呢！

會話 2

Ⓐ あつしさん、こんにちは。
阿此吸撒嗯　口嗯你漆哇
a.tsu.shi.sa.n.　ko.n.ni.chi.wa.
篤志先生，你好。

Ⓑ いや、なつみさん、こんにちは。
衣呀　拿此咪撒嗯　口嗯你漆哇
i.ya.　na.tsu.mi.sa.n.　ko.n.ni.chi.wa.
啊，夏美小姐，你好。

おはよう。

歐哈優一
o.ha.yo.u.
早安

説　明

「おはようございます」是「早安」的意思，在早上遇到人時都可以用「おはようございます」來打招呼。較熟的朋友家人可以只説「おはよう」。

在有些職場上，當天第一次見面時，就算不是早上，也可以用「おはようございます」。來表示當天第一次問候。

會話 1

Ⓐ 課長、おはよう　ございます。
咖秋一　歐哈優一　狗紮衣媽思
ka.cho.u.　o.ha.yo.u.　go.za.i.ma.su.
課長，早安。

Ⓑ おはよう。今日も　暑いね。
歐哈優一　克優一謀　阿此衣內
o.ha.yo.u.　kyo.u.mo.　a.tsu.i.ne.
早安。今天還是很熱呢！

會話 2

Ⓐ おはよう。
歐哈優一
o.ha.yo.u.
早。

Ⓑ おはよう　ございます。すごい　風ですね。
歐哈優一　狗紮衣媽思　思狗衣　咖賊爹思內

o.ha.yo.u. go.za.i.ma.su. su.go.i. ka.ze.de.su.ne.
早安，風可眞大。

Ⓐ ええ、 春一番 ですよ。
廿一 哈嚕衣漆巴嗯 爹思優
e.e. ha.ru.i.chi.ba.n. de.su.yo.
是啊，這可是今年的第一陣強風呢。

（每年春天第一次開始吹強風的時候稱為「春一番」）

相　關

↻ お父さん、おはよう。
歐偷一撒嗯 歐哈優一
o.to.u.sa.n. o.ha.yo.u.
爸，早安。

↻ おはよう、今日も いい天気ですね。
歐哈優一 克優一謀 衣一貼嗯 key 爹思內
o.ha.yo.u. kyo.u.mo. i.i.te.n.ki.de.su.ne.
早安。今天也是好天氣呢！

↻ おはよう ございます、お出かけですか？
歐哈優一 狗紮衣媽思 歐爹咖開爹思咖
o.ha.yo.u. go.za.i.ma.su. o.de.ka.ke.de.su.ka.
早安，要出門嗎？

おやすみ。
歐呀思咪
o.ya.su.mi.
晚安。

説　明

晚上睡前互道晚安，祝福對方也有一夜好眠。

會話 1

Ⓐ 眠いから　先に　寝るわ。
內母衣咖啦　撒 key 你　內嚕哇
ne.mu.i.ka.ra.　sa.ki.ni.　ne.ru.wa.
我想睡了，先去睡囉。

Ⓑ うん、おやすみ。
烏嗯　歐呀思咪
u.n.　o.ya.su.mi.
嗯，晚安。

會話 2

Ⓐ では、おやすみなさい。明日も　頑張りましょう。
爹哇　歐呀思咪拿撒衣　阿吸他謀　嘎嗯巴哩媽休一
de.wa.　o.ya.su.mi.na.sa.i.　a.shi.ta.mo.　ga.n.ba.ri.ma.sho.u.
那麼，晚安囉。明天再加油吧！

Ⓑ はい。おやすみなさい。
哈衣　歐呀思咪拿撒衣
ha.i.　o.ya.su.mi.na.sa.i.
好的，晚安。

お元気ですか？

歐給嗯 key 爹思咖
o.ge.n.ki.de.su.ka.
近來好嗎？

説 明

「元気ですか」是問對方過得好嗎。「お元気ですか」則更為正式。通常用於許久不見後，關心對方的近況、詢問對方是否過得好。

會話 1

Ⓐ 田口さん、久しぶりです。お元気ですか？

他古漆撒嗯　he 撒吸捕哩爹思　歐給嗯 key 爹思咖
ta.gu.chi.sa.n. hi.sa.shi.bu.ri.de.su. o.ge.n.ki.de.su.ka.

田口先生，好久不見了。近來好嗎？

Ⓑ ええ、おかげさまで　元気です。鈴木さんは？

廿一　歐咖給撒媽爹　給嗯 key 爹思　思資 key 撒嗯哇
e.e. o.ka.ge.sa.ma.de. ge.n.ki.de.su. su.zu.ki.sa.n.wa.

嗯，託你的福，我很好。鈴木小姐妳呢？

會話 2

Ⓐ あれ？　北川さん？

阿勒　　key 他嘎哇撒嗯
a.re. ki.ta.ga.wa.sa.n.

咦，北川先生？

Ⓑ あ、　田中さん。

阿　他拿咖撒嗯

41

a.　ta.na.ka.sa.n.
啊，是田中小姐。

Ⓐ 偶然 です ね。
古一賊嗯　爹思內
gu.u.ze.n.　de.su.ne.
還真是巧呢。

Ⓑ ほんと、びっくりした。元気ですか？
吼嗯偷　逼・哭哩吸他　給嗯 key 爹思咖
ho.n.to.　bi.kku.ri.shi.ta.　ge.n.ki.de.su.ka.
沒錯，嚇了我一跳。你最近好嗎？

相　關

➔ 元気？
給嗯 key
ge.n.ki.
還好嗎？／最近好嗎？

➔ ご家族は　元気ですか？
狗咖走哭哇　給嗯 key 爹思咖
go.ka.zo.ku.wa.　ge.n.ki.de.su.ka.
家人都好嗎？

➔ 元気です。
給嗯 key 爹思
ge.n.ki.de.su.
我很好。

行ってきます。

衣 ・ 貼 key 媽思
i.tte.ki.ma.su.
我要出門了。

説明

在出家門前，或是暫時離開某處時，會説「行ってきます」，告知
自己要出門了。另外參加表演或比賽時，上場前也會説這句話。

會話 1

Ⓐ じゃ、行ってきます。
加　衣 ・ 貼 key 媽思
ja. i.tte.ki.ma.su.
那麼，我要出門了。

Ⓑ 行ってらっしゃい、鍵を　忘れないでね。
衣 ・ 貼啦 ・ 瞎衣　　咖個衣喔　哇思勒拿衣爹内
i.tte.ra.ssha.i. ka.gi.o. wa.su.re.na.i.de.ne.
慢走。別忘了帶鑰匙喔！

會話 2

Ⓐ お客さんの　ところに　行ってきます。
歐克呀哭撒嗯 no　偷口摟你　衣 ・ 貼 key 媽思
o.kya.ku.sa.no.no. to.ko.ro.ni. i.tte.ki.ma.su.
我去拜訪客戶了。

Ⓑ 行ってらっしゃい。頑張ってね。
衣 ・ 貼啦 ・ 瞎衣　嘎嗯巴 ・ 貼內
i.tte.ra.ssha.i. ga.n.ba.tte.ne.
請慢走。加油喔！

行ってらっしゃい。

衣・貼啦・瞎衣
i.tte.ra.ssha.i.
請慢走。

説　明

聽到對方説「行ってきます」的時候，則回以「行ってらっしゃい」
表示慢走、路上小心之意。

會話 1

Ⓐ 行ってきます。
衣・貼 key 媽思
i.tte.ki.ma.su.
我要出門了。

Ⓑ 行ってらっしゃい。気を　つけてね。
衣・貼啦・瞎衣　key 喔 此開貼內
i.tte.ra.ssha.i.　ki.o.　tsu.ke.te.ne.
請慢走。路上小心喔！

會話 2

Ⓐ そろそろ　時間です。じゃ、行ってきます。
搜搜搜搜　基咖嗯爹思　加　衣・貼 key 媽思
so.ro.so.ro.　ji.ka.n.de.su.　ja.　i.tte.ki.ma.su.
時間差不多了，我要出發了。

Ⓑ 行ってらっしゃい。何か　あったら、メールして　くだ
さい。
衣・貼啦・瞎衣　　拿你咖　阿・他啦　妹一嚕吸貼
哭搭撒衣

i.tte. ra.ssha.i.　na.ni.ka.　a.tta.ra.　me.e.ru.shi.te.
ku.da.sa.i.

請慢走。有什麼事的話，請寫 mail 告訴我。

⤷ おはよう、行ってらっしゃい。
歐哈優一　衣・貼啦・瞎衣
o.ha.yo.u.　i.tte.ra.ssha.i.
早安，請慢走。

⤷ 気をつけて　行ってらっしゃい。
key 喔此開貼　衣・貼啦・瞎衣
ki.o.tsu.ke.te.　i.tte.ra.ssha.i.
路上請小心慢走。

⤷ 行ってらっしゃい。早く　帰ってきてね。
衣・貼啦・瞎衣　哈呀哭　咖廿・貼 key 貼內
i.tte.ra.ssha.i.　ha.ya.ku.　ka.e.te.ki.te.ne.
請慢走。早點回來喔！

ただいま。

他搭衣媽
ta.da.i.ma.
我回來了。

説 明

從外面回到家中或是公司時，會說這句話來告知大家自己回來了。
另外，回到久違的地方，也可以說「ただいま」。

會話 1

Ⓐ ただいま。
他搭衣媽
ta.da.i.ma.
我回來了。

Ⓑ お帰り。手を洗って、うがいして。
喔咖世哩　貼喔阿啦・貼　烏嘎衣吸貼
o.ka.e.ri.　te.o.a.ra.tte.　u.ga.i.shi.te.
歡迎回來。快去洗手、漱口。

會話 2

Ⓐ ただいま。
他搭衣媽
ta.da.i.ma.
我回來了。

Ⓑ お帰りなさい、今日は　どうだった？
歐咖世哩拿撒衣　克優一哇　兜一搭・他
o.ka.e.ri.na.sa.i.　kyo.u.wa.　do.u.da.tta.
歡迎回來。今天過得如何？

お帰り。

歐咖世哩
o.ka.e.ri.
歡迎回來。

説　明

從外面歸來的家人或朋友説「ただいま」，在家的人則會説「お帰り」表示歡迎回家之意，以慰問對方在外的辛勞。比較禮貌的説法是「お帰りなさい」。

會話 1

Ⓐ ただいま。
他搭衣媽
ta.da.i.ma.
我回來了。

Ⓑ お帰り。今日は　遅かったね。何か　あったの？
歐咖世哩　克優一哇　歐搜咖・他內　拿你咖　阿・他no
o.ka.e.ri. kyo.u.wa. o.so.ka.tta.ne. na.ni.ka. a.tta.no.
歡迎回來。今天可真晚，有什麼事嗎？

會話 2

Ⓐ ただ今　戻りました。
他搭衣媽　　謀兜哩媽吸他
ta.da.i.ma. mo.do.ri.ma.shi.ta.
我回來了。

Ⓑ ああ、お帰りなさい。どうでした、福岡は？
阿一　歐咖世哩拿撒衣　兜一爹吸他　夫哭歐咖哇
a.a. o.ka.e.ri.na.sa.i. do.u.de.shi.ta. fu.ku.o.ka.wa.

喔，歡迎回來。福岡怎麼樣？

Ⓐ ええ、なかなか いい勉強に なりました。

　　廿一　拿咖拿咖　衣一背嗯克優一你　拿哩媽吸他
　　e.e.　na.ka.na.ka.　i.i.be.n.kyo.u.ni.　na.ri.ma.shi.ta.
嗯，學到了不少東西。

相　關

➜ お母さん、お帰りなさい。

　　歐咖一撒嗯　歐咖世哩拿撒衣
　　o.ka.a.sa.n.　o.ka.e.ri.na.sa.i.
媽媽，歡迎回家。

➜ ゆきくん、お帰り。テーブルに　おやつがあるからね。

　　瘀 key 哭嗯　歐咖世哩　貼一捕嚕你　歐呀此嘎　阿嚕咖
　　啦內
　　yu.ki.ku.n.　o.ka.e.ri.　te.e.bu.ru.ni.　o.ya.tsu.ga.　a.ru.
　　ka.ra.ne.
由紀，歡迎回來。桌上有點心喔！

お久しぶりです。

歐 he 撒吸捕哩爹思
o.hi.sa.shi.bu.ri.de.su.
好久不見。

在和對方久別重逢時，見面時可以用這句，表示好久不見。

會話 1

Ⓐ こんにちは。　お久しぶりです。
口嗯你漆哇　　歐 he 撒吸捕哩爹思
ko.n.ni.chi.wa.　o.hi.sa.shi.bu.ri.de.su.
你好。好久不見。

Ⓑ あら、小林さん。お久しぶりです。お元気ですか？
阿啦　口巴呀吸撒嗯　歐 he 撒吸捕哩爹思　歐給嗯 key
爹思咖
a.ra.　ko.ba.ya.shi.sa.n.　o.hi.sa.shi.bu.ri.de.su.　o.ge.
n.ki.de.su.ka.
啊，小林先生。好久不見了。近來好嗎？

會話 2

Ⓐ 久しぶり。
he 撒吸捕哩
hi.sa.shi.bu.ri.
好久不見。

Ⓑ いや、久しぶり。元気？
衣呀　he 撒吸捕哩　給嗯 key
i.ya.　hi.sa.shi.bu.ri.　ge.n.ki.
嘿！好久不見。近來好嗎？

じゃ、また。

加　媽他
ja. ma.ta.
下次見。

説 明

這句話多半使用在和較熟識的朋友道別的時候，另外在通 mail 或簡訊時，也可以用在最後，當作「再聯絡」的意思。另外也可以説「では、また」。

會話1

Ⓐ あっ、チャイムが 鳴った。早く 行かないと 怒られるよ。

阿　掐衣母嘎　　拿・他　　哈呀哭　衣咖拿衣偷　歐口啦勒嚕優

a. cha.i.mu.ga .na.tta. ha.ya.ku. i.ka.na.i.to. o.ko.ra.re.ru.yo.

啊！鐘聲響了。再不快走的話就會被罵了。

Ⓑ じゃ、またね。

加　媽他內

ja. ma.ta.ne.

那下次見囉！

會話2

Ⓐ では、また来週。

爹哇　媽他啦衣嘘一

de.wa. ma.ta.ra.i.shu.u.

那麼，下週見。

Ⓑ じゃ、またね。

加　媽他內

ja.　ma.ta.ne.

下次見。

⤵ じゃ、また後でね。

加　媽他阿偷爹內

ja.　ma.ta.a.to.de.ne.

待會見。

⤵ じゃ、また明日。

加　媽他阿吸他

ja.　ma.ta.a.shi.ta.

明天見。

⤵ じゃ、また会いましょう。

加　媽他阿衣媽休一

ja.　ma.ta.a.i.ma.sho.u.

期待有緣再會。

⤵ では、先に　帰ります。お疲れ様　でした。

爹哇　撒 key 你　咖世哩媽思　歐此咖勒撒媽　爹吸他

de.wa.　sa.ki.ni.　ka.e.ri.ma.su.　o.tsu.ka.re.sa.ma.

de.shi.ta.

那麼，我先回家了。大家辛苦了。

さよなら。

撒優拿啦
sa.yo.na.ra.
再會。

説　明

「さよなら」也作「さようなら」多半是用在雙方下次見面的時間是很久以後，或者是其中一方要到遠方時。若是和經常見面的人道別，則是用「では、また」就可以了。

會　話

Ⓐ じゃ、また　連絡しますね。
　　加　媽他　勒嗯啦哭吸媽思內
　　ja. ma.ta. re.n.ra.ku.shi.ma.su.ne.
　　那麼，我會再和你聯絡的。

Ⓑ ええ、さよなら。
　　廿一　撒優拿啦
　　e.e. sa.yo.na.ra.
　　好的，再會。

相　關

➔ 明日は　卒業式で　いよいよ　学校とも　さよならだ。
　　阿吸他哇　搜此哥優一吸 key 爹　衣優衣優　嘎‧口一偷謀　撒優拿啦搭
　　a.shi.ta.wa. so.tsu.gyo.u.shi.ki.de. i.yo.i.yo. ga.kkou.
　　to.mo. sa.yo.na.ra.da.
　　明天的畢業典禮上就要和學校說再見了。

失礼します。

吸此勒一吸媽思
shi.tsu.re.i.shi.ma.su.
再見。／抱歉。

説　明

當自己覺得懷有歉意，或者是可能會打擾對方時，可以用這句話來表示。而當要離開、進入某地，或是講電話時要掛電話前，也可以用「失礼します」來表示再見。

會話 1

Ⓐ これで　失礼します。
口勒爹　　吸此勒一吸媽思
ko.re.de.　shi.tsu.re.i.shi.ma.su.
不好意思我先離開了。

Ⓑ はい。ご苦労様　でした。
哈衣　狗哭撲一撒媽　爹吸他
ha.i.　go.ku.ro.u.sa.ma.　de.shi.ta.
好的，辛苦了。

會話 2

Ⓐ 返事が　遅れて　失礼しました。
嘿嗯基嘎　歐哭勒貼　吸此勒一吸媽吸他
he.n.ji.ga.　o.ku.re.te.　shi.tsu.re.i.shi.ma.shi.ta.
抱歉，我太晚給你回音了。

Ⓑ 大丈夫です。気に　しないで　ください。
搭衣糾一捕爹思　key 你　吸拿衣爹　哭搭撒衣
da.i.jo.u.bu.de.su.　ki.ni.　shi.na.i.de.　ku.da.sa.i.
沒關係，不用在意。

気をつけてね。

key 喔此開貼內
i.o.tsu.ke.te.ne.
保重。／小心。

説　明

通常用於道別的場合，請對方保重身體。另外在想要叮嚀、提醒對方的時候使用，這句話有請對方小心的意思。另外也有「打起精神！」「注意！」的意思。

會話 1

Ⓐ じゃ、そろそろ　帰ります。
加　搜搜搜搜　咖世哩媽思
ja. so.ro.so.ro. ka.e.ri.ma.su.
那麼，我要回去了。

Ⓑ 暗いから　気を　つけて　ください。
哭啦衣咖啦　key 喔　此開貼　哭搭撒衣
ku.ra.i.ka.ra. ki.o. tsu.ke.te. ku.da.sa.i.
天色很暗，請小心。

Ⓐ はい、ありがとう。また　明日。
哈衣　阿哩嘎偷一　媽他　阿吸他
ha.i. a.ri.ga.to.u. ma.ta. a.shi.ta.
好的，謝謝。明天見。

會話 2

Ⓐ 行ってきます。
衣・貼 key 媽思
i.tte.ki.ma.su.

我出門囉！

Ⓑ 行ってらっしゃい。車に 気を つけてね。
衣・貼啦・瞎衣 哭嚕媽你 key喔 此開貼內
i.tte.ra.sha.i. ku.ru.ma.ni. ki.o. tsu.ke.te.ne.
慢走，小心車子喔。

相 關

➔ 病気に ならない ように 気を つけなさい。
逼優一key你 拿啦拿衣 優一你 key喔 此開拿撒衣
byo.u.ki.ni. na.ra.na.i. yo.u.ni. ki.o. tsu.ke.na.
sa.i.
注意身體別生病了。

➔ 足元に 気を つけて。
阿吸謀偷你 key喔 此開貼
a.shi.mo.to.ni. ki.o. tsu.ke.te.
注意腳步。

➔ お気を つけて。
歐key喔 此開貼
o.ki.o. tsu.ke.te.
小心、保重。

➔ 気を つけて 出張に 行ってきてね。
key喔 此開貼 噓・秋一你 衣・貼key貼內
ki.o. tsu.ke.te. shu.ccho.u.ni. i.tte.ki.te.ne.
去出差要一切小心喔。

お大事に。

だい じ

歐搭衣基你
o.da.i.ji.ni.
請保重身體。

説 明

當談話的對象是病人時，在離別之際，會請對方多保重，此時，就可以用這句話來表示請對方多注意身體，好好養病之意。

會話 1

Ⓐ インフルエンザ ですね。二、三日は 家で 休んだ
ほうが いいです。

に さんにち いえ やす

衣嗯夫嚕せ嗯紮 爹思內 你 撒嗯你漆哇 衣せ爹
呀思嗯搭 吼一嘎 衣一爹思
i.n.fu.ru.e.n.za. de.su.ne. ni. sa.n.ni.chi.wa. i.e.de.
ya.su.n.da. ho.u.ga. i.i.de.su.

你得了流感。最好在家休息個兩、三天。

Ⓑ はい、分かりました。

わ

哈衣 哇咖哩媽吸他
ha.i. wa.ka.ri.ma.shi.ta.

好的，我知道了。

Ⓐ では、お大事に。

だい じ

爹哇 歐搭衣基你
de.wa. o.da.i.ji.ni.

那麼，就請保重身體。

會話 2

た なか き くすり

A：田中さん。お待たせ しました。これは お薬です。

毎日　三回　必ず　飲んで　ください。

他拿咖撒嗯　歐媽他誰　吸媽吸他　口勒哇　歐哭思哩爹
思　媽衣你漆　撒嗯咖衣　咖拿啦資　no嗯爹　哭搭撒
衣

ta.na.ka.sa.n.　o.ma.ta.se.　shi.ma.shi.ta.
ko.re.wa.　o.ku.su.ri.de.su.　ma.i.ni.chi.　san.
ka.i.　ka.na.ra.zu.　no.n.de.　ku.da.sa.i.

田中先生，讓你久等了。這是你的藥，一天要記得吃三次。

Ⓑ はい、わかりました。どうも　ありがとう。

哈衣　哇咖哩媽吸他　兜一謀　阿哩嘎偷一
ha.i.　wa.ka.ri.ma.shi.ta.　do.u.mo.　a.ri.ga.to.u.

好的，我知道了。謝謝。

Ⓐ お大事に。

歐搭衣基你
o.da.i.ji.ni.

保重身體。

相　關

⊃ どうぞ　お大事に。

兜一走　歐搭衣基你
do.u.zo.　o.da.i.ji.ni.

請保重身體。

⊃ お大事に、早く　よくなって　くださいね。

歐搭衣基你　哈呀哭　優哭拿・貼　哭搭撒衣內
o.ka.i.ji.ni.　ha.ya.ku.　yo.ku.na.tte.　ku.da.sa.i.ne.

請保重，要早點好起來喔！

よろしく。

優撲吸哭
yo.ro.shi.ku.
請多照顧。/問好。

説　明

「よろしく」含有「拜託」、「問好」之意。「よろしくお願い
します」、用於初次見面時,是請對方多多指教包涵的意思;拜
託、請求別人時,也可以説「よろしくお願いします」來表示「拜
託了」。另外,也可以用於請對方代為向其他人問好時,如「お
父さんによろしく」。

會話 1

Ⓐ 今日の　同窓会、行かないの?
克優ー no　兜ー搜ー咖衣　衣咖拿衣 no
kyo.u.no.　do.u.so.u.ka.i.　i.ka.na.i.no.
今天的同學會,你不去嗎?

Ⓑ うん、仕事が　あるんだ。みんなに　よろしく　伝えて。
烏嗯　吸狗偷嘎　阿嚕嗯搭　咪嗯拿你　優撲吸哭　此他
廿貼
u.n.　shi.go.to.ga.　a.ru.n.da.　mi.n.na.ni.　yo.ro.shi.ku.
tsu.ta.e.te.
是啊,因爲我還有工作。代我向大家問好。

會話 2

Ⓐ はじめまして、田中と　申します。
哈基妹媽吸貼　他拿咖偷　謀ー吸媽思
ha.ji.me.ma.shi.te.　ta.na.ka.to.　mo.u.shi.ma.su.
初次見面,敝姓田中。

B はじめまして、山本と　申します。どうぞ　よろしく
お願いします。

哈基妹媽吸貼　呀媽謀偷偷　謀一吸媽思　兜一走　優
撐吸哭　歐內嘎衣吸媽思

ha.ji.me.ma.shi.te.　ya.ma.mo.to.to.　mo.u.shi.ma.su.
do.u.zo.　yo.ro.shi.ku.　o.ne.ga.i.shi.ma.su.

初次見面，敝姓山本，請多指教。

A こちらこそ、よろしく　お願いします。

口漆啦口搜　優撐吸哭　歐內嘎衣吸媽思
ko.chi.ra.ko.so.　yo.ro.shi.ku.　o.ne.ga.i.shi.ma.su.

我也是，請多多指教。

> ### 相 關

◗ ご家族に　よろしく　お伝え　ください。

狗咖走哭你　優撐吸哭　歐此他世　哭搭撒衣
go.ka.zo.ku.ni.　yo.ro.shi.ku.　o.tsu.ta.e.　ku.da.sa.i.

代我向您的家人問好。

◗ よろしく　お願いします。

優撐吸哭　歐內嘎衣吸媽思
yo.ro.shi.ku.　o.ne.ga.i.shi.ma.su.

還請多多照顧包涵。

◗ よろしくね。

優撐吸哭內
yo.ro.shi.ku.ne.

請多照顧包涵。

お疲れ様。
歐此咖勒撒媽
o.tsu.ka.re.sa.ma.
辛苦了。

「お疲れ様」是「辛苦了」的意思。在工作或是活動結束後，或是在工作、活動等場合遇到時，都可以用「お疲れ様」來慰問對方的辛勞。另外出遊等情況，慰問對方旅途勞累等，也可以用「お疲れ様」。至於上司慰問下屬辛勞，則可以用「ご苦労様」、「ご苦労様でした」。對平輩或晚輩則可說「お疲れ」、「お疲れさん」。

會話 1

Ⓐ ただいま　戻りました。
他搭衣媽　謀兜哩媽吸他
ta.da.i.ma.　mo.do.ri.ma.shi.ta.
我回來了。

Ⓑ おっ、田中さん、お疲れ様でした。
歐　他拿咖撒嗯　歐此咖勒撒媽爹吸他
o.ta.na.ka.sa.n.　o.tsu.ka.re.sa.ma.de.shi.ta.
喔，田中小姐，妳辛苦了。

會話 2

Ⓐ 悪いけど、先に　帰るね。
哇嚕衣開兜　撒 key 你　咖世嚕內
wa.ru.i.ke.do.　sa.ki.ni.　ka.e.ru.ne.
不好意思，我先回去了。

Ⓑ うん、お疲れ。

烏嗯　歐此咖勒
u.n.　o.tsu.ka.re.

好，辛苦了。

お仕事　お疲れ様でした。
歐吸狗偷　歐此咖勒撒媽爹吸他
o.shi.go.to.　o.tsu.ka.re.sa.ma.de.shi.ta.

工作辛苦了。

では、先に　帰ります。お疲れ様でした。
爹哇　撒 key 你　咖世哩媽思　歐此咖勒撒媽爹吸他
de.wa.　sa.ki.ni.　ka.e.ri.ma.su.　o.tsu.ka.re.sa.ma.
de.shi.ta.

那麼，我先回家了。大家辛苦了。

お疲れ様。お茶でも　どうぞ。
歐此咖勒撒媽　歐掐爹謀　兜一走
o.tsu.ka.re.sa.ma.　o.cha.de.mo.do.u.zo.

辛苦了。請喝點茶。

いらっしゃい。

衣啦 ・ 瞎衣
i.ra.ssha.i.
歡迎。

説　明

「いらっしゃい」是歡迎之意，在日本旅遊時常聽到的「いらっしゃ
いませ」是更禮貌的説法。而當別人前來拜訪時，也可以用「いらっ
しゃい」表示歡迎之意。

會話 1

Ⓐ いらっしゃい、どうぞ　お上がりください。
衣啦 ・ 瞎衣　兜一走　歐阿嘎哩 哭搭撒衣
i.ra.ssha.i.　do.u.zo.　o.a.ga.ri.ku.da.sa.i.
歡迎，請進來坐。

Ⓑ 失礼します。
吸此勒一吸媽思
shi.tsu.re.i.shi.ma.su.
打擾了。

會話 2

Ⓐ いらっしゃいませ、ご注文は　何ですか？
衣啦 ・ 瞎衣媽誰　狗去一謀嗯哇　拿嗯爹思咖
i.ra.ssha.i.ma.se.　go.chu.u.mo.n.wa.　na.n.de.su.ka.
歡迎光臨，請要問點些什麼？

Ⓑ チーズーバーガーの　ハッピーセットを　一つください。
漆一資一巴一嘎一no　哈 ・ 披一誰 ・ 偷喔 he偷此哭
搭撒衣

chi.i.zu.u.ba.a.ga.a.no. ha.ppi.i.se.tto.o. hi.to.tsu.ku.da.sa.i.

給我一份起士漢堡的快樂兒童餐。

Ⓐ かしこまりました。

咖吸口媽哩媽吸他

ka.shi.ko.ma.ri.ma.shi.ta.

好的。

會話3

Ⓐ いらっしゃいませ。

衣啦・瞎衣媽誰

i.ra.ssha.i.ma.se.

歡迎光臨。

Ⓑ 予約 した 田中ですが。

優呀哭 吸他 他拿咖爹思嘎

yo.ya.ku. shi.ta. ta.na.ka. de.su.ga.

我姓田中，有預約。

Ⓐ 田中様ですか。カラーコースを 予約 して おりましたね。

他拿咖撒媽 爹思咖 咖啦ー口ー思喔 優呀哭 吸貼 歐哩媽吸他內

ta.na.ka.sa.ma. de.su.kka. ka.ra.a.ko.o.su.o. yo.ya.ku. shi.te. o.ri.ma.shi.ta.ne.

田中小姐嗎？你預約的是染髮服務對吧？

Ⓑ はい、そうです。

哈衣 搜ー爹思

ha.i. so.u.de.su.

是的，沒錯。

どうもご親切に。

兜一謀　狗吸嗯誰此你
do.u.mo. go.shi.n.se.tsu.ni.
謝謝你的好意。

「親切」指的是對方的好意，和中文的「親切」意思非常相近，都有「體貼」、「具善意」的涵意。故用於形容人的個性時，可以說「親切な人」，來表示此人待人親切和善。前面曾經學過「どうも」是表示感謝之意，所以「どうもご親切に」即是用來表示感謝對方的幫助和好意，也可以說「親切にしてくれてありがとう」。

會　話

Ⓐ 空港まで　お迎えに　行きましょうか？
哭一口一媽爹　歐母咖世你　衣 key 媽休一咖
ku.u.ko.u.ma.de. o.mu.ka.e.ni. i.ki.ma.sho.u.ka.
我到機場去接你吧！

Ⓑ どうも　ご親切に。
兜一謀　狗吸嗯誰此你
do.u.mo.go.shi.n.se.tsu.ni.
謝謝你的好意。

相　關

⊃ ご親切は　忘れません。
狗吸嗯誰此哇　哇思勒媽誰嗯
go.shi.n.se.tsu.wa. wa.su.re.ma.se.n.
你的好意我不會忘記的。

花田さんは 本当に 親切な 人だ。

哈拿搭撒嗯哇　吼嗯偷一你　吸嗯誰此拿　he 偷搭
ha.na.da.sa.n.wa.　ho.n.to.u.ni.　shi.n.se.tsu.na.　hi.to.
da.

花田小姐真是個親切的人。

恐れ入ります。

歐搜勒衣哩媽思
o.so.re.i.ri.ma.su.
抱歉。/不好意思。

説 明

「恐れ入ります」是「打擾了」、「不好意思」之意。造成別人的困擾，或是令別人要中斷手邊的事時，就用「恐れ入ります」表示「打擾了」，為造成對方的困擾道歉。

會話 1

(A) お休み中に　恐れ入ります。
歐呀思咪去一你　歐搜勒衣哩媽思
o.ya.su.mi.chu.u.ni.　o.so.re.i.ri.ma.su.
不好意思，打擾你休息。

(B) 何ですか？
拿嗯爹思咖
na.n.de.su.ka.
有什麼事嗎？

會話 2

(A) こんな　品物が　ありますか？
口嗯拿　吸拿謀 no 嘎　阿哩媽思咖
ko.n.na.　shi.na.mo.no.ga.　a.ri.ma.su.ka.
有這樣的東西嗎？

(B) 倉庫に　あるかも　しれない　ので、見て　きます。
搜一口你　阿嚕咖謀　吸勒拿衣　no 爹　咪貼　key 媽思

so.u.ko.ni.　a.ru.ka.mo.　shi.re.na.i.　no.de.　mi.te.
ki.ma.su.

倉庫裡說不定會有，我去看看。

Ⓐ 恐れ　入ります。

歐搜勒　衣哩媽思
o.so.re.　i.ri.ma.su.

麻煩你了。

相　關

⤷ ご迷惑を　かけまして　恐れ入りました。

狗妹一哇哭喔　咖開媽吸貼　歐搜勒衣哩媽吸他
go.me.i.wa.ku.o.　ka.ke.ma.shi.te.　o.so.re.i.ri.ma.shi.ta.

不好意思，造成你的麻煩。

⤷ まことに　恐れ入ります。

媽口偷你　歐搜勒衣哩媽思
ma.ko.to.ni.　o.so.re.i.ri.ma.su.

真的很不好意思。

⤷ 恐れ入りますが、今　何時でしょうか？

歐搜勒衣哩媽思嘎　衣媽　拿嗯基爹休一咖
o.so.re.i.ri.ma.su.ga.　i.ma.　na.n.ji.de.sho.u.ka.

不好意思，請問現在幾點？

結構です。
開・ロー爹思
ke.kko.u.de.su.
好的。／不用了。

說明

「結構です」有正反兩種意思，一種是表示「可以、沒問題」；但另一種意思卻是表示「不需要」，帶有「你的好意我心領了」的意思。所以當自己要使用這句話時，別忘了透過語調和表情、手勢等，讓對方了解你的意思。

會話

Ⓐ よかったら、もう少し 頼みませんか？
優咖・他啦 謀一思口吸 他 no 咪媽誰嗯咖
yo.ka.tta.ra. mo.u.su.ko.shi. ta.no.mi.ma.se.n.ka.
如果想要的話，要不要再多點一點菜呢？

Ⓑ もう結構です。十分 いただきました。
謀一開・ロー爹思 居一捕嗯 衣他搭 key 媽吸他
mo.u.ke.kko.u.de.su. ju.u.bu.n. i.ta.da.ki.ma.shi.ta.
不用了，我已經吃很多了。

相關

⤷ いいえ、結構です。
衣一世 開・ロー爹思
i.i.e. ke.kko.u.de.su.
不，不用了。

遠慮しないで。
えんりょ

ㄝ嗯溜吸拿衣爹
e.n.ryo.shi.na.i.de.
不用客氣。

日本人為了避免造成別人的困擾，總是客氣拒絕或是有所保留。若遇到這種情形，想請對方不要客氣，就可以使用這句話。

會話 1

Ⓐ 遠慮しないで、たくさん 召し上がって くださいね。
ㄝ嗯溜吸拿衣爹　他哭撒嗯　妹吸阿嘎・貼　哭搭撒衣內
e.n.ryo.shi.na.i.de. ta.ku.sa.n. me.shi.a.ga.tte. ku.da.
sa.i.ne.
不用客氣，請多吃點。

Ⓑ では、お言葉に 甘えて。
爹哇　歐口偷巴你　阿媽ㄝ貼
de.wa. o.ko.to.ba.ni. a.ma.e.te.
那麼，我就恭敬不如從命。

會話 2

Ⓐ お砂糖は？
歐撒偷一哇
o.sa.to.u.wa.
要加糖嗎？

Ⓑ 紅茶は ストレートが 好きなので、結構です。
ㄌ一掐一哇　思偷勒一偷嘎　思 key 拿 no 爹　開・ㄌ一
爹思

ko.u.cha.wa. su.to.re.e.to.ga. su.ki.na.no.de.
ke.kko.u.de.su.

我喜歡喝不加糖的紅茶，所以不用了。

(A) あらあら、遠慮しないで。紅茶には　砂糖を　入れるで
しょ？

阿啦阿啦　　世嗯溜吸拿衣爹　　ロー搭ー你哇　撒偷ー喔
衣勒嚕爹休

a.ra.a.ra. e.n.ryo.shi.na.i.de. ko.u.cha.ni.wa.
sa.to.u.o. i.re.ru. de.sho.

唉呀，不用客氣，喝紅茶一定要加糖的不是嗎。

> ## 相 關

⮑ ご遠慮なく。
狗世嗯溜拿哭
go.e.n.ryo.na.ku.
請別客氣。

⮑ 遠慮なく　ちょうだいします。
世嗯溜拿哭　秋ー搭衣吸媽思
e.n.ryo.na.ku. cho.u.da.i.shi.ma.su.
那我就不客氣了。

お待たせ。

歐媽他誰
o.ma.ta.se.
久等了。

説　明

「お待たせ」是久等了的意思。在比較正式的場合，則是説「お待たせしました」，來表示讓對方久等了，不好意思。

會　話

Ⓐ ごめん、お待たせ。
狗妹嗯　歐媽他誰
go.me.n.　o.ma.ta.se.
對不起，久等了。

Ⓑ ううん、行こうか？
烏一嗯　衣口一嚐
u.u.n.　i.ko.u.ka.
不會啦！走吧。

相　關

⤴ お待たせ　しました。
歐媽他誰　吸媽吸他
o.ma.ta.se.　shi.ma.shi.ta.
讓你久等了。

⤴ お待たせ　いたしました。
歐媽他誰　衣他吸媽吸他
o.ma.ta.se.　i.ta.shi.ma.shi.ta.
讓您久等了。

とんでもない。

偷嗯爹謀拿衣
to.n.de.mo.na.i.
哪兒的話。／擔當不起。

説　明

「とんでもない」的原意是表示「意想不到」、「絕對不可能」的意思，如「とんでもない話」、「とんでもないこと」。後來引申為表示謙虛的話語，當受到別人稱讚時，回答「とんでもないです」，就等於是中文的「哪兒的話」、「不敢當」，更正式的說法為「とんでもありません」、「とんでもございません」。

會話 1

Ⓐ これ、つまらない 物ですが。
口勒　此媽啦拿衣　謀 no 爹思嘎
ko.re. tsu.ma.ra.na.i. mo.no.de.su.ga.
送你，這是一點小意思。

Ⓑ お礼を いただくなんて とんでもない ことです。
歐勒一喔　衣他搭哭拿嗯貼　偷嗯爹謀拿衣　口偷爹思
o.re.i.o. i.ta.da.ku.na.n.te. to.n.de.mo.na.i. ko.to.de.su.
怎麼能收你的禮？真是擔當不起。

會話 2

Ⓐ なんと お礼を 申し上げて よいやら わかりません。
拿嗯偷　歐勒一喔　謀一吸阿給貼　優衣呀啦　哇咖哩媽誰嗯
na.n.to. o.re.i.o. mo.u.shi. a.ge.te. yo.i.ya.ra. wa.ka.ri.ma.se.n.
不知該怎麼謝謝你才好。

B いや、とんでもない。
衣呀　偷嗯爹謀拿衣
i.ya.　to.n.de.mo.na.i.
不，沒什麼。

○ とんでも　ありません。
偷嗯爹謀　阿哩媽誰嗯
to.n.de.mo.　a.ri.ma.se.n.
哪兒的話。

○ まったく　とんでもない　話だ。
媽・他哭　偷嗯爹謀拿衣　哈拿吸搭
ma.tta.ku.　to.n.de.mo.na.i.　ha.na.shi.da.
好誇張的事。

いただきます。

衣他搭 key 媽思
i.ta.da.ki.ma.su.
開動了。

説　明

日本的習慣是在用餐前説「いただきます」表示「我開動了」。如果是收到了食品，吃過之後要向對方表達謝意，則可以説「おいしくいただきました」來表示很好吃的意思。

會話 1

Ⓐ わあ、おいしそう！お兄ちゃんは　まだ？
哇一　歐衣吸搜一　歐你一掐嗯哇　媽搭
wa.a.　o.i.shi.so.u.　o.ni.i.cha.n.wa.　ma.da.
哇，看起來好好吃喔！哥哥他還沒回來嗎？

Ⓑ 今日は　遅くなるって　言ったから、先に　食べてね。
克優一哇　歐搜哭拿嚕・貼　衣・他咖啦　撒 key 你他背貼內
kyo.u.wa.　o.so.ku.na.ru.tte.　i.tta.ka.ra.　sa.ki.ni.ta.be.te.ne.
他說今天會晚一點，你先吃吧！

Ⓐ やった！いただきます。
呀・他　衣他搭 key 媽思
ya.tta.　i.ta.da.ki.ma.su.
太好了！開動了。

會話 2

Ⓐ わ、おいしそう！いただきます。

哇　歐衣吸搜一　衣他搭 key 媽思
wa.　o.i.shi.so.u.　u.ta.da.ki.ma.su.
哇，看起來好好吃。開動囉！

B この肉まん、なかなかいける。
ロ no 你哭媽嗯　拿咖拿咖衣開嚕
ko.no.ni.ku.ma.n.　na.ka.na.ka.i.ke.ru.
這包子，真是好吃。

相　關

➔ お先に　いただきます。
歐撒 key 你　衣他搭 key 媽思
o.sa.ki.ni.　i.ta.da.ki.ma.su.
我先開動了。

➔ いい匂いが　する！いただきます。
衣一你歐衣嘎　思嚕　衣他搭 key 媽思
i.i.ni.o.i.ga.　su.ru.　i.ta.da.ki.ma.su.
聞起來好香喔！我要開動了。

もしもし。

謀吸謀吸
mo.shi.mo.shi.
喂。

説　明

當電話接通時所講的第一句話，用來確認對方是否聽到了。

會話 1

Ⓐ もしもし、田中さん　ですか？
謀吸謀吸　他拿咖撒嗯　爹思咖
mo.shi.mo.shi.　ta.na.ka.sa.n.　de.su.ka.
喂，請問是田中小姐嗎？

Ⓑ はい、そうです。
哈衣　搜一爹思
ha.i.　so.u.de.su.
是的，我就是。

會話 2

Ⓐ もしもし、聞こえますか？
謀吸謀吸　key 口世媽思咖
mo.shi.mo.shi.　ki.ko.e.ma.su.ka.
喂，聽得到嗎？

Ⓑ ええ、どなた　ですか？
廿一　兜拿他　爹思咖
e.e.　do.na.ta.　de.su.ka.
嗯，聽得到。請問是哪位？

よい 一日を。

優衣 衣漆你漆喔
yo.i. i.chi.ni.chi.o.
祝你有美好的一天。

說　明

「よい一日を」是「よい日をお過ごしください」的簡略說法。「よい」在日文中是「好」(いい＝よい)的意思，後面接上了「一日」就表示祝福對方能有美好的一天。
另外也可以說「良い週末を」、「良い休日を」、「良いお年を」等。

會話 1

Ⓐ では、よい 一日を。
　　 爹哇 優衣 衣漆你漆喔
　　 de.wa. yo.i. i.chi.ni.chi.o.
　　 那麼，祝你有美好的一天。

Ⓑ よい 一日を。
　　 優衣 衣漆你漆喔
　　 yo.i. i.chi.ni.chi.o.
　　 也祝你有美好的一天。

會話 2

A：では、また 来週。よい 週末を。
　　 爹哇 媽他 啦衣嘘一 優衣嘘一媽此喔
　　 de.wa. ma.ta. ra.i.shu.u. yo.i. shu.u.ma.tsu.o.
　　 那就下週見，祝週末愉快。

B：よい 週末を。

優衣　噓一媽此喔
yo.i.　shu.u.ma.tsu.o.
週末愉快。

相　關

➲ よい　休日を。
優衣　Q一基此喔
yo.i.　kyu.u.ji.tsu.o.
祝你有個美好的假期。

➲ よい　お年を。
優衣　歐偷吸喔
yo.i.　o.to.shi.o.
祝你有美好的一年。

➲ よい　週末を。
優衣　噓一媽此喔
yo.i.　shu.u.ma.tsu.o.
祝你有個美好的週末。

おかげさまで。

歐咖給撒媽爹
o.ka.ge.sa.ma.de.
託你的福。

當自己接受別人的恭賀時，在道謝之餘，同時也感謝對方之前的支持和幫忙，就會用「おかげさまで」來表示自己的感恩之意。

會　話

Ⓐ 試験は　どうだった？
吸開嗯哇　兜一搭・他
shi.ke.n.wa. do.u.da.tta.
考試結果如何？

Ⓑ おかげさまで　合格しました。
歐咖給撒媽爹　狗一咖哭吸媽吸他
o.ka.ge.sa.ma.de. go.u.ka.ku.shi.ma.shi.ta.
託你的福，我通過了。

相　關

➲ あなたの　おかげです。
阿拿他 no　歐咖給爹思
a.na.ta.no. o.ka.ge.de.su.
託你的福。

➲ 先生の　おかげで　合格しました。
誰嗯誰一 no　歐咖給爹　狗一咖哭吸媽吸他
se.n.se.i.no. o.ka.ge.de. go.u.ka.ku.shi.ma.shi.ta.
託老師的福，我通過了。

Chapter **02**

發問徵詢篇

ここに座ってもいいですか？

口口你　思哇・貼謀　衣一爹思咖

ko.ko.ni. su.wa.tte.mo. i.i.de.su.ka.

我可以坐在這裡嗎？

説明

請求對方的同意時，可以使用「…てもいいですか」的句型。而回答時，如果同意就説「はい、どうぞ。」，不同意就説「すみません、ちょっと…」。

會話 1

Ⓐ ここに 座っても いいですか？

口口你　思哇・貼謀　衣一爹思咖

ko.ko.ni. su.wa.tte.mo. i.i.de.su.ka.

我可以坐在這裡嗎？

Ⓑ はい、どうぞ。

哈衣　兜一走

ha.i. do.u.zo.

可以的，請坐。

會話 2

Ⓐ ここに 座っても いい？

口口你　思哇・貼謀　衣一

ko.ko.ni. su.wa.tte.mo.i.i.

可以坐這裡嗎？

Ⓑ すみません、ここは ちょっと…。

思咪媽誰嗯　口口哇　秋・偷

su.mi.ma.se.n. ko.ko.wa. cho.tto.

對不起，不太方便。

相 關

⮕ 試着 しても いいですか？
吸掐哭　吸貼謀　衣一爹思咖
shi.cha.ku.　shi.te.mo.　i.i.　de.su.ka.
我可以試穿嗎？

⮕ 窓を 閉めても いい？
媽兜喔　吸妹貼謀　衣一
ma.do.o.　shi.me.te.mo.　i.i.
我可以把窗戶關起來嗎？

⮕ 電話 借りても いい？
爹嗯哇　咖哩貼謀　　衣一
de.n.wa.　ka.ri.te.mo.　i.i.
我可以借用電話嗎？

⮕ 入っても いいですか？
哈衣・貼謀　貼謀　衣一爹思咖
ha.i.tte.mo.　i.i.de.su.ka.
我可以進去嗎？

⮕ 書かなくても いいですか？
咖咖拿哭貼謀　衣一爹思咖
ka.ka.na.ku.te.mo.　i.i.de.su.ka.
我可以不寫嗎？

⮕ 仕事を お願い しても いいですか？
吸狗偷喔　歐內嘎衣　吸貼謀　衣一爹思咖
shi.go.to.o.　o.ne.ga.i.　shi.te.mo.　i.i.de.su.ka.
可以請你幫我做點工作嗎？

⟳ ドアを 開けても いい？暑いから。
兜阿喔 阿開貼謀 衣一 阿此衣咖啦
do.a.o. a.ke.te.mo. i.i. a.tsu.i.ka.ra.
可以把門打開嗎？好熱喔。

⟳ ちょっと 見ても いい？
秋・偷 咪貼謀 衣一
cho.tto. mi.te.mo. i.i.
可以看一下嗎？

⟳ テレビを つけても いい？
貼勒逼喔 此開貼謀 衣一
te.re.bi.o. tsu.ke.te.mo. i.i.
我可以開電視看嗎？

⟳ ここで 寝ても いい？
口口爹 內貼謀 衣一
ko.ko.de. ne.te.mo. i.i.
我可以睡在這裡嗎？

⟳ 手を つないでも いい？
貼喔 此拿衣爹謀 衣一
te.o. tsu.na.i.de.mo. i.i.
我可以牽你的手嗎？

⟳ 話しても いい ですか？
哈拿吸貼謀 衣一 爹思咖
ha.na.shi.te.mo. i.i. de.su.ka.
我可以和你說嗎？

しなければなりませんか？

吸拿開勒巴　拿哩媽誰嗯咖
shi.na.ke.re.ba.　na.ri.ma.se.n.ka.
非做不可嗎？／一定要做嗎？

説　明

「～なければなりませんか」是「一定要～嗎」的意思，用在詢問是否可以不做某件事。而「～てもいいですか」則是「可不可以～」徵求對方的同意。兩者的用法分別如下：
「～なければなりませんか」：詢問可否不做某件事。
「～てもいいですか」：詢問可否做某件事。
而「～なければなりませんか」的語氣較為強烈，也可以用「～なくてもいいですか」來表示「可以不～嗎」，後句的語氣比較緩和委婉。

會話 1

Ⓐ 行かなければ　なりませんか？
　　衣咖拿開勒巴　拿哩媽誰嗯咖
　　i.ka.na.ke.re.ba.　na.ri.ma.se.n.ka.
　　不去不行嗎？

Ⓑ いいえ、行かなくても　いいです。
　　衣一世　衣咖拿哭貼謀　衣一爹思
　　i.i.e.　i.ka.na.ku.te.mo.　i.i.de.su.
　　不，不去也可以。

會話 2

Ⓐ 病気に　なった　時、どんな　ことを　しなければ　なりませんか？

逼優－key 你　拿・他　偷 key　兜嗯拿　口偷喔　吸拿
開勒巴　拿哩媽誰嗯咖

byo.u.ki.ni.　na.tta　to.ki.　do.n.na.　ko.to.o.　shi.na.ke.
re.ba.　na.ri.ma.se.n.ka.

生病的時候，一定要做什麼事呢？

Ⓑ 病気に　なった　時、薬を　飲んで、寝て　いなければ
なりません。

逼優－key 你　拿・他　偷 key　哭思哩喔　no 嗯爹　內
貼　衣拿開勒巴　拿哩媽誰嗯

byo.u.ki.ni.　na.tta.　to.ki.　ku.su.ri.o.　no.n.de.　ne.te.
i.na.ke.re.ba.　na.ri.ma.se.n.

生病的時候，一定要吃藥，並且休息。

相　關

→ 食事を　する前に、手を　洗わなければ　なりません
か？

休哭基喔　思嚕媽世你　貼喔　阿啦哇拿開勒巴　拿哩媽
誰嗯咖

sho.ku.ji.o.　su.ru.ma.e.ni.　te.o.　a.ra.wa.na.ke.re.ba.
na.ri.ma.se.n.ka.

吃飯之前，不洗手不行嗎？

→ 労働保険　には　加入　しなければ　なりませんか？

摟－兜－吼開嗯　你哇　咖女－　吸拿開勒巴　拿哩媽誰
嗯咖

ro.u.do.u.ho.ke.n.　ni.wa.　ka.nyu.u.　shi.na.ke.re.ba.
na.ri.ma.se.n.ka.

不加入勞保不行嗎？

これは何ですか？

口勒哇　拿嗯爹思咖
ko.re.wa.　na.n.de.su.ka.
這是什麼？

説　明

「～は何ですか」即「～是什麼？」之意。通常是在前面加上想問
的東西或事情。「これ」是「這個」的意思，故「これは何ですか」
即「這是什麼？」的意思。

如果是比較遠的東西可以說「あれは何ですか」。另外也可以加上
名詞，如「お勧めは何ですか」，「お勧め」是推薦的意思，故「お
勧めは何ですか」即是問推薦商品是什麼。

會話1

Ⓐ これは 何ですか？

口勒哇　拿嗯爹思咖
ko.re.wa.　na.n.de.su.ka.
這是什麼？

Ⓑ チェリーパイです。

切哩一趴衣爹思
che.ri.i.pa.i.de.su.
這是櫻桃派。

Ⓐ じゃ。一つ　ください。

加　he 偷此　哭搭撒衣
ja.　hi.to.tsu.　ku.da.sa.i.
那麼，請給我一份。

會話 2

Ⓐ 苦手な ものは 何ですか？

你嘎貼拿　謀 no 哇　拿嗯爹思咖
ni.ga.te.na. mo.no.wa. na.n.de.su.ka.

你不喜歡什麼東西？

Ⓑ 虫です。虫が 嫌いです。

母吸爹思　母吸嘎　key 啦衣爹思
mu.shi.de.su. mu.shi.ga. ki.ra.i.de.su.

昆蟲。我討厭昆蟲。

相　關

➔ 何か お勧めが ありませんか？

拿你咖　歐思思妹嘎　阿哩媽誰嗯咖
na.ni.ka. o.su.su.me.ga. a.ri.ma.se.n.ka.

有沒有什麼推薦的？

➔ お勧めは 何ですか？

歐思思妹哇　拿嗯爹思咖
o.su.su.me.wa. na.n.de.su.ka.

你推薦什麼？

➔ 一番 人気が あるのは 何ですか？

衣漆巴嗯　你嗯 key 嘎　阿嚕 no 哇　拿嗯爹思咖
i.chi.ba.n. ni.n.ki.ga a.ru.no.wa. na.n.de.su.ka.

最受歡迎的是什麼呢？

駅はどこですか？

<ruby>駅<rt>えき</rt></ruby>

ㄝ key 哇　兜口爹思咖
e.ki.wa.　do.ko.de.su.ka.
車站在哪裡呢？

説　明

前面加上想要問的目的地名詞，如「駅」、「公園」等。另外要問
自己身在何處時，則可以説「ここはどこですか」意即「這是什麼
地方」。

會話 1

Ⓐ すみません、博多駅は　どこですか？

思咪媽誰嗯　哈咖他ㄝ key 哇　兜口爹思咖
su.mi.ma.se.n.　ha.ka.ta.e.ki.wa.　do.ko.de.su.ka.

不好意思，請問博多車站在哪裡呢？

Ⓑ 博多駅ですか？

哈咖他ㄝ key 爹思咖
ha.ka.ta.e.ki.de.su.ka.

博多車站嗎？

Ⓐ はい、どう　行けば　いいでしょうか？

哈衣　兜一　衣開巴　衣一爹休一咖
ha.i.　do.u.　i.ke.ba.　i.i.　de.sho.u.ka.

是的，該怎麼去呢？

Ⓑ 二つ目の　信号を　右に　曲がって　ください。

夫他此妹 no　吸嗯狗一喔　咪個衣你　媽嘎・貼　哭搭撒衣
fu.ta.tsu.me.no.　shi.n.go.o.　mi.gi.ni.　ma.ga.tte. ku.da.sa.i.

第二個紅綠燈處向右轉。

會話 2

Ⓐ すみません。市役所は　どこですか？
思咪媽誰嗯　吸呀哭休哇　兜口爹思咖
su.mi.ma.se.n.　shi.ya.ku.sho.wa.　do.ko.de.su.ka.
不好意思，請問市公所在哪裡？

Ⓑ わたし、ここの人　じゃないんです、すみません。
哇他吸　口口 no he 偷　加拿衣嗯爹思　思咪媽誰嗯
wa.ta.shi.　ko.ko.no.hi.to.　ja.na.i.n.de.su.　su.mi.ma.se.n.
我不是當地人，對不起。

相　關

➜ ここは　どこですか？
口口哇　兜口爹思咖
ko.ko.wa.　do.ko.de.su.ka.
這裡是哪裡？

ちょっと いいですか？

秋・偷　衣一爹思咖
cho.tto.　i.i.de.su.ka.
你有空嗎？

説明

「ちょっと」帶有「一點時間」、「一下子」的意思，「ちょっと いいですか」有「耽誤你一點時間」之意，較禮貌的説法為「ちょっとお時間よろしいですか」。

有事要找人商量，或是有求於人，但又怕對方正在忙，會用「ちょっといいですか」詢問是否可以佔用一點時間。

會話1

Ⓐ ちょっと いいですか？
秋・偷　衣一爹思咖
cho.tto.　i.i.de.su.ka.
你有空嗎？

Ⓑ はい、何でしょうか？
哈衣　拿嗯爹休一咖
ha.i.　na.n.de.sho.u.ka.
好啊，有什麼事嗎？

會話2

Ⓐ ちょっと いいですか？
秋・偷　衣一爹思咖
cho.tto.　i.i.de.su.ka.
在忙嗎？

B 何か ありましたか？
拿你咖　阿哩媽吸他咖
na.ni.ka. a.ri.ma.shi.ta.ka.
怎麼了嗎？

A 実は 相談したい ことが あるんですが。
基此哇　搜一搭嗯吸他衣　口偷嘎　阿嚕嗯爹思嘎
ji.tsu.wa. so.u.da.n.shi.ta.i. ko.to.ga. a.ru.n.de.su.ga.
我有點事想和你談談。

相　關

◗ ちょっと よろしい ですか？
秋・偷　優捜吸一　爹思咖
cho.tto. yo.ro.shi.i. de.su.ka.
你有空嗎？

◗ ちょっと いい？
秋・偷　衣一
cho.tto. i.i.
有空嗎？

◗ 今、 大丈夫ですか？
衣媽　搭衣糾一捕　爹思咖
i.ma. da.i.jo.u.bu. de.su.ka.
現在有空嗎？

どうしましたか？

兜一吸媽吸他咖
do.u.shi.ma.shi.ta.ka.
怎麼了嗎？

說　明

看到需要幫助的人，或是覺得對方有異狀，想要主動關心時，就用
「どうしましたか」。

會話1

(A) 誰か　助けて！
搭勒咖　他思開貼
da.re.ka.　ta.su.ke.te.
救命啊！

(B) どうしましたか？
兜一吸媽吸他咖
do.u.shi.ma.shi.ta.ka.
發生什麼事了？

會話2

(A) あのう…すみません。
阿 no 一　思咪媽誰嗯
a.no.　su.mi.ma.se.n.
呃…不好意思。

(B) はい、どうしましたか？
哈衣　兜一吸媽吸他咖
ha.i.　do.u.shi.ma.shi.ta.ka.
怎麼了嗎？

會話3

Ⓐ どうしたの？元気が なさそうだ。

兜一吸他 no 給嗯 key 嘎 拿撒搜一搭
do.u.shi.ta.no. ge.ki.ga. na.sa.so.u.da.
你怎麼了？看起來很沒精神耶！

Ⓑ 仕事が うまく いかないなあ。

吸狗偷嘎 烏媽哭 衣咖拿衣拿一
shi.go.to.ga. u.ma.ku. i.ka.na.i.na.a.
工作進行得不順利。

相 關

➜ 何か お困りですか？

拿你咖 歐口媽哩爹思咖
na.ni.ka. o.ko.ma.ri.de.su.ka.
有什麼問題嗎？

➜ お手伝い しましょうか？

歐貼此搭衣 吸媽休一咖
o.te.tsu.da.i. shi.ma.sho.u.ka.
讓我來幫你好嗎？

➜ 手伝おうか？

貼此搭歐一咖
te.tsu.da.o.u.ka.
我來幫你一把吧！

➜ 何か 困ったこと でも？

拿你咖 口媽・他口偷 爹謀
na.ni.ka. ko.ma.tta.ko.to. de.mo.
有什麼問題嗎？

➜ 何か ありましたか？

拿你咖 阿哩媽吸他咖
na.ni.ka. a.ri.ma.shi.ta.ka.
怎麼了嗎？

これ、いくらですか？

口勒　衣哭啦　爹思咖
ko.re. i.ku.ra. de.su.ka.
這個多少錢？

説　明

「いくら」是「多少錢」的意思。「これ」是「這個的意思」，故本句「これ、いくらですか」即是問「這個多少錢」。在購物或聊天時，想要詢問物品的價格時，即可以用「いくらですか」來表示。

會話 1

Ⓐ これ、いくら　ですか？
口勒　　衣哭啦　爹思咖
ko.re. i.ku.ra. de.su.ka.
這個要多少錢？

Ⓑ 千円です。
誰嗯世嗯爹思
se.n.e.n.de.su.
一千日圓。

Ⓐ じゃ、これを　ください。
加　口勒喔　哭搭撒衣
ja. ko.re.o. ku.da.sa.i.
那麼，請給我這個。

會話 2

Ⓐ すいません、大阪駅へは　いくらですか？
思衣媽誰嗯　歐一撒咖世 key 世哇　衣哭啦爹思咖

su.i.ma.se.n.　o.o.sa.ka.e.ki.e.wa.　i.ku.ra.de.su.ka
不好意思，到大阪車站多少錢？

Ⓑ 九百円です。
Q 一合呀哭世嗯爹思
kyu.u.hya.ku.e.n.de.su.
九百日圓。

相　關

⟳ 全部で　いくら？
賊嗯捕爹　衣哭啦
se.n.bu.de.　i.ku.ra.
全部多少錢？

⟳ この花は　いくらで　買いましたか？
ロ no 哈拿哇　衣哭啦爹　咖衣媽吸他咖
ko.no.ha.na.wa.　i.ku.ra.de.　ka.i.ma.shi.ta.a.
這花你用多少錢買的？

⟳ 三重県　から　長野県　までの　電車代は　いくら　ですか？
咪世開嗯　咖啦　拿嘎 no 開嗯　媽爹 no　爹嗯瞎搭衣哇
衣哭啦　爹思咖
mi.e.ke.n.　ka.ra.　na.ga.no.ke.n.　ma.de.no.　de.n.
sha.da.i.wa.　i.ku.ra.　de.su.ka.
從三重縣從火車到長野縣要多少錢？

⟳ 一キロ　いくらで　売る？
衣漆 key 捜　衣哭啦爹　烏嚕
i.chi.ki.ro.　i.ku.ra.de.　u.ru.
一公斤賣多少錢？

お勧めは何ですか？

歐思思妹哇　拿嗯爹思咖
o.su.su.me.wa.　na.n.de.su.ka.
你推薦什麼？

在餐廳或是店面選購物品時，可以用這句話來詢問店員有沒有推薦
的商品。

會話 1

Ⓐ お勧めは　何ですか？
歐思思妹哇　拿嗯爹思咖
o.su.su.me.wa.　na.n.de.su.ka.
你推薦什麼呢？

Ⓑ カレーライスは　人気メニューです。
咖勒一啦衣思哇　你嗯 key 妹女一爹思
ka.re.e.ra.i.su.wa.　ni.n.ki.me.nyu.u.de.su.
咖哩飯很受歡迎。

會話 2

Ⓐ どのメーカーが　お勧めですか？
兜 no 妹一咖一嘎　歐思思妹爹思咖
do.no.me.e.ka.a.ga.　o.su.su.me.de.su.ka.
你推薦那個廠牌呢？

Ⓑ そうですね。ソニーのは　結構　人気が　ありますね。
搜一爹思內　搜你一 no 哇　開・口一　你嗯 key 嘎　阿
哩媽思內
so.u.de.su.ne.　so.ni.i.no.wa.　ke.kko.u.　ni.n.ki.ga.
a.ri.ma.su.ne.
嗯…索尼的很受歡迎。

何をしているんですか？

拿你喔　吸貼衣嚕嗯　爹思咖
na.ni.o.　shi.te.i.ru.n.　de.su.ka.
你在做什麼？

不知對方在忙些什麼，或是想問對方正在幹嘛時，就可以用「何を
しているんですか」來詢問。

會話 1

Ⓐ 何を　しているん　ですか？
　　拿你喔　吸貼衣嚕嗯　爹思咖
　　na.ni.o.　shi.te.i.ru.n.　de.su.ka.
　　你在做什麼？

Ⓑ いや、なんでも　ありません。
　　衣呀　拿嗯爹謀　阿哩媽誰嗯
　　i.ya.　na.n.de.mo.　a.ri.ma.se.n.
　　不，沒什麼。

會話 2

Ⓐ 何を　しているの？
　　拿你喔　吸貼衣嚕 no
　　na.ni.o.　shi.te.i.ru.no.
　　你在幹嘛？

Ⓑ いや、別に。
　　衣呀　背此你
　　i.ya.　be.tsu.ni.
　　沒有，沒什麼。

何時ですか？

拿嗯基爹思咖
na.n.ji.de.su.ka.
幾點？

説　明

詢問時間、日期的時候，可以用「いつ」。而只想要詢問時間是幾
點的時候，也可以使用「何時」，來詢問確切的時間。

會話1

Ⓐ 今　何時ですか？
衣媽　拿嗯基爹思咖
i.ma.na.　n.ji.de.su.ka.
現在幾點了？

Ⓑ 八時　十分前です。
哈漆基　居・撲嗯媽世爹思
ha.chi.ji.　ju.ppu.n.ma.e.de.su.
七點五十分了。

會話2

Ⓐ 来週の　会議は　何曜日　ですか？
啦衣噓ー no　咖衣個衣哇　拿嗯優一逼　爹思咖
ra.i.shu.u.no.　ka.i.gi.wa.　na.n.yo.u.bi.　de.su.ka.
下週的會議是星期幾？

Ⓑ 金曜日です。
key 嗯優一逼爹思
ki.n.yo.u.bi.de.su.
星期五。

Ⓐ 何時　から　ですか？
拿嗯基　咖啦　爹思咖
na.n.ji. ka.ra. de.su.ka.
幾點開始呢？

Ⓑ 九時十五分　からです。
哭基居一狗夫嗯　咖啦爹思
ku.ji.ju.u.go.fu.n. ka.ra.de.su.
九點十五分開始。

Ⓐ 分かりました。ありがとう。
哇咖哩媽吸他　阿哩嘎偷一
wa.ka.ri.ma.shi.ta. a.ri.ga.to.u.
知道了，謝謝。

相　關

➲ 仕事は　何時から　ですか？
吸狗偷哇　拿嗯基咖啦　爹思咖
shi.go.to.wa. na.n.ji.ka.ra. de.su.ka.
你的工作是幾點開始？

➲ 何時の　便ですか？
拿嗯基 no　逼嗯爹思咖
na.n.ji.no. bi.n.de.su.ka.
幾點的飛機？

➲ 何時何分　ですか？
拿嗯基拿嗯撲嗯　爹思咖
na.n.ji.na.n.pu.n. de.su.ka.
幾點幾分呢？

いつ？

衣此
i.tsu.
什麼時候？

説　明

想要詢問時間、日期的時候，用這個字就可以順利溝通了。

會話 1

Ⓐ 来月の　いつ　都合が　いい？
啦衣給此 no　衣此　此狗一嘎　衣一
ra.i.ge.tsu.no.　i.tsu.　tsu.go.u.ga.　i.i.
下個月什麼時候有空？

Ⓑ 週末　だったら　いつでも。
嘘一媽此　搭・他啦　衣此參謀
shu.u.ma.tsu.　da.tta.ra.　i.tsu.de.mo.
如果是週末的話都可以。

會話 2

Ⓐ 結婚記念日は　いつ？
開・口嗯 key 內嗯逼哇　衣此
ke.kko.n.ki.ne.n.bi.wa.　i.tsu.
你的結婚紀念日是哪一天？

Ⓑ 来週の　金曜日。
啦衣嘘一 no　key 嗯優一逼
ra.i.shu.u.no.　ki.n.yo.u.bi.
下星期五。

本当ですか？
ほんとう
吼嗯偷一爹思咖
ho.n.to.u.de.su.ka.
眞的嗎？

説　明

聽完對方的説法之後，要確認對方所説的是不是真的，或者是覺得對方所説的話不大可信時，可以用這句話來表示心中的疑問。

會話 1

Ⓐ 大学に　合格　しました！
搭衣嘎哭你　狗一咖哭　吸媽吸他
da.i.ga.ku.ni. go.u.ka.ku. shi.ma.shi.ta.
我考上大學了！

Ⓑ 本当ですか？おめでとう！
吼嗯偷一爹思咖　歐妹爹偷一
ho.n.to.u.de.su.ka. o.me.de.to.o.
眞的嗎？恭喜你了。

會話 2

Ⓐ 誰も　いません。
搭勒謀　衣媽誰嗯
da.re.mo. i.ma.se.n.
沒有人在。

Ⓑ 本当ですか、変ですね。
吼嗯偷一爹思咖　嘿嗯爹思內
ho.n.to.u.de.su.ka. he.n.de.su.ne.
眞的嗎？那眞是奇怪。

うそでしょう？

烏搜爹休一
u.so.de.sho.u.
你是騙人的吧？

「うそ」是「謊言」、「騙人」的意思，「うそでしょう」即是問「是騙人的嗎？」。對於另一方的説法或做法抱持著高度懷疑，感到不可置信的時候，可以用這句話來表示自己的驚訝，以再次確認對方的想法。

會　話

Ⓐ　会議の　資料を　無くしちゃった。
　咖衣個衣 no　吸溜一喔　拿哭吸掐・他
　ka.i.gi.no.　　shi.ryo.u.o.　　na.ku.shi.cha.tta.
　我把開會的資料弄不見了。

Ⓑ　うそでしょう？
　烏搜爹休一
　u.so.de.sho.u.
　你是騙人的吧？

相　關

⟳ うそ！
　烏搜
　u.so.
　騙人！

⟳ うそだろう？
　烏搜搭搜一

u.so.da.ro.u.
這是謊話吧？

そんなの　うそに　決まってんじゃん！
搜嗯拿 no　烏搜你　key媽・貼嗯加嗯
so.n.na.no.　u.so.ni.　ki.ma.tte.n.ja.n.
聽就知道一定是謊話。

うそを　つけ！
烏搜喔　此開
u.so.o.　　tsu.ke.
你說謊！

とてつもない　うそ。
偷貼此謀拿衣　烏搜
to.te.tsu.mo.na.i.　　u.so.
漫天大謊。

見え透いた　うそ。
咪世思衣他　烏搜
mi.e.su.i.ta.　　u.so.
一眼就被看穿的謊言。

うそにも　ほどがある。
烏搜你謀　吼兜嘎阿嚕
u.so.ni.mo.　　ho.do.ga.a.ru.
說謊也要有限度。

何<ruby>なに</ruby>？

拿你
na.ni.
什麼？

「何」是「什麼」的意思，單一個字用於會話時，通常會用語尾上揚的疑問語氣。聽到熟人叫自己的名字時，可以用這句話來問對方有什麼事。另外可以用在詢問所看到的人、事、物是什麼。

會話 1

Ⓐ 何を　しているん　ですか？
拿你喔　吸貼衣嚕嗯　爹思咖
na.ni.o.　shi.te.i.ru.n.de.su.ka.
你在做什麼？

Ⓑ 空を　見て　いるんです。
搜啦喔　咪貼　衣嚕嗯爹思
so.ra.o.　mi.te.　i.ru.n.de.su.
我在看天空。

會話 2

Ⓐ ただいま。
他搭衣媽
ta.da.i.ma.
我回來了。

Ⓑ お帰り。今日は　遅かったね。何か　あったの？
歐咖せ哩　克優一哇　歐搜咖・他內　拿你咖
阿・他 no

o.ka.e.ri. kyo.u.wa. o.so.ka.tta.ne. na.ni.ka. a.tta.
no.

歡迎回來。今天可真晚,有什麼事嗎?

⊃ えっ?何?

ㄝ 拿你

e. na.ni.

嗯?什麼?

⊃ これは 何?

口勒哇 拿你

ko.re.wa. na.ni.

這是什麼?

⊃ 何が 食べたい ですか?

拿你嘎 他背他衣 爹思咖

na.ni.ga. ta.be.ta.i.de.su.ka.

你想吃什麼?

ありませんか？

阿哩媽誰嗯咖
a.ri.ma.se.n.ka.
有嗎？

説　明

問對方是否有某樣東西時，用的字就是「ありませんか」。前面只要再加上你想問的物品的名稱，就可以詢問對方是否有該樣物品了。

會話 1

Ⓐ ほかの　色は　ありませんか？
吼咖 no　衣摟哇　阿哩媽誰嗯咖
ho.ka.no. i.ro.wa. a.ri.ma.se.n.ka.
有其他顏色嗎？

Ⓑ ブルーと　グレーが　ございます。
捕嚕一偷　古勒一嘎　狗紮衣媽思
bu.ru.u.to. gu.re.e.ga. go.za.i.ma.su.
有藍色和灰色。

相　關

➔ 何か　面白い本　ありませんか？
拿你咖　歐謀吸摟衣吼嗯　阿哩媽誰嗯咖
na.ni.ka. o.mo.shi.ro.i.ho.n. a.ri.ma.se.n.ka.
有沒有什麼好看的書？

➔ 何か　質問　ありませんか？
拿你咖　吸此謀嗯　阿哩媽誰嗯咖
na.ni.ka. shi.tsu.mo.n. a.ri.ma.se.n.ka.
有沒有問題？

どんな？
兜嗯拿
do.n.na.
什麼樣的？

説　明

這個字有「怎麼樣的」、「什麼樣的」之意，比如在詢問這是什麼樣的商品、這是怎麼樣的漫畫時，都可以使用。

會　話

Ⓐ どんな　音楽が　好きなの？
兜嗯拿　歐嗯嘎哭嘎　思 key 拿 no
do.n.na.　o.n.ga.ku.ga.　su.ki.na.no.
你喜歡什麼類型的音樂呢？

Ⓑ ジャズが好き。
加資嘎思 key
ja.zu.ga.su.ki.
我喜歡爵士樂。

相　關

➲ 彼は　どんな人　ですか？
咖勒哇　兜嗯拿 he 偷　爹思咖
ka.re.wa.　do.n.na.hi.to.　de.su.ka.
他是個怎麼樣的人？

➲ どんな　部屋を　ご希望ですか？
兜嗯拿　嘿呀喔　狗 key 玻一爹思咖
do.n.na.he.ya.o.　go.ki.bo.u.de.su.ka.
你想要什麼樣的房間呢？

どういうこと？

兜一衣烏口偷
do.u.yu.u.ko.to.
怎麼回事？

說　明

當對方敍述了一件事，讓人搞不清楚是什麼意思，或者是想要知道
詳情如何的時候，可以用「どういうこと」來表示疑惑，對方聽了
之後就會再詳加解釋。

會話 1

Ⓐ 学校を　やめた。
嘎・口一喔　呀妹他
ga.kko.u.o.　ya.me.ta.
我休學了。

Ⓑ えっ？どういうこと？
世　兜一衣烏口偷
e.　do.u.i.u.ko.to.
怎麼回事？

會話 2

Ⓐ また　転勤する　ことに　なったの。
媽他　貼嗯 key 嗯思嚕　口偷你　拿・他 no
ma.ta.　te.n.ki.n.su.ru.　ko.to.ni.　na.tta.no.
我又被調職了。

Ⓑ えっ、一体　どういうこと？
世　衣・他衣　兜一衣烏口偷
e.　i.tta.i.　do.u.i.u.ko.to.
啊？到底是怎麼回事？

どうして？

兜一吸貼
do.u.shi.te.
為什麼？

説　明

想要知道事情發生的原因，或者是對方為什麼要這麼做時，就用這個字來表示自己不明白，請對方再加以説明。

會　話

Ⓐ 昨日は　どうして　休んだのか？
key no 一哇　兜一吸貼　呀思嗯搭 no 咖
ki.no.u.wa.　do.u.shi.te.　ya.su.n.da.no.ka.
昨天為什麼沒有來上班呢？

Ⓑ すみません。急に　用事が　できて　実家に　帰ったんです。
思咪媽誰嗯　Q一你　優一基嘎　爹 key 貼　基‧咖你咖世‧他嗯爹思
su.mi.ma.se.n.　kyu.u.ni.　yo.u.ji.ga.　de.ki.te.　ji.kka.ni.　ka.e.tta.n.de.su.
對不起，因為突然有點急事所以我回老家去了。

相　關

➲ どうしていいか　分からない。
兜一吸貼衣一咖　哇咖啦拿衣
do.u.shi.te.i.i.ka.　wa.ka.ra.na.i.
不知道怎麼辦才好。

何^{なん}ですか？

拿嗯爹思咖
na.n.de.su.ka.
有什麼事呢？／是什麼呢？

要問對方有什麼事情，或者是看到了自己不明白的物品、文字時，
都可以用這句話來發問。

會話1

Ⓐ あのう、すみません。
阿 no 一　思咪媽誰嗯
a.no.u.　su.mi.ma.se.n.
呃，不好意思。

Ⓑ ええ、何ですか？
廿一　拿嗯爹思咖
e.e.　na.n.de.su.ka.
有什麼事嗎？

會話2

Ⓐ これは　何ですか？
口勒哇　拿嗯爹思咖
ko.re.wa.　　na.n.de.su.ka.
這是什麼？

Ⓑ これは　絵葉書^{えはがき}　です。
口勒哇　廿哈嘎 key 爹思
ko.re.wa.　e.ha.ga.ki.　　de.su.
這是明信片。

110

どういう意味？

兜一衣烏衣咪
do.u.i.u.i.mi.
什麼意思？

說　明

日文中的「意味」就是「意思」，聽過對方的話之後，並不了解對方說這些話是想表達什麼意思時，可以用「どういう意味」加以詢問。
此句和 P108 的「どういうこと」的用法相近，都可以用於向對方要求詳細解釋。

會　話

Ⓐ それ以上　聞かない　ほうが　いいよ。
　搜勒衣糾一　key 咖拿衣　吼一嘎　衣一優
　so.re.i.jo.u.　ki.ka.na.i.　ho.u.ga.　i.i.yo.
　你最好不要再追問下去。

Ⓑ えっ、どういう　意味？
　世　兜一衣烏　衣咪
　e.　do.u.i.u.　i.mi.
　咦，為什麼？

どうすればいいですか？

兜ー思勒巴　衣ー爹思咖
do.u.su.re.ba. i.i.de.su.ka.
該怎麼做才好呢？

「どう」是「怎麼」、「如何」的意思。「どうすればいいですか」
是「該怎麼做才好」之意，口語的説法是「どうしたらいい？」。
當心中抓不定主意，不知道該怎麼做的時候，可以用這句話來向別
人求救。
希望別人提供建議、做法的時候，也能使用這句話，和中文的「怎
麼辦」意思相同。

會話1

Ⓐ 住所を　変更　したいんですが、どうすれば　いいです
か？

居ー休喔　嘿嗯ロー　吸他衣嗯爹思咖　兜ー思勒巴
衣ー爹思咖

ju.u.sho.o. he.n.ko.u.shi.ta.i.n.de.su.ga. do.u.su.re.ba.
i.i.de.su.ka.

我想要變更地址，請問該怎麼做呢？

Ⓑ ここに　住所、氏名を　書いて、下に　サインして　く
ださい。

口口你　居ー休　吸妹ー喔　咖衣貼　吸他你　撒衣嗯
吸貼　哭搭撒衣

ko.ko.ni. ju.u.sho. shi.me.i.o. ka.i.te. shi.te.ni.
sa.i.n.shi.te. ku.da.sa.i.

請在這裡寫下你的地址和姓名，然後再簽名。

會話2

Ⓐ どうしよう。もうすぐ 本番だよ。
兜一吸優一　謀一思古　吼嗯巴嗯搭優
do.u.shi.yo.u.　mo.u.su.gu.　ho.n.ba.n.da.yo.
怎麼辦，馬上就要上式上場了。

Ⓑ 大丈夫だよ。自信を 持って！
搭衣糾一捕搭優　基吸嗯喔　謀・貼
da.i.jo.u.bu.da.yo.　ji.shi.n.o.　mo.tte.
你可以的，要有自信。

相　關

⮐ 英語で どう書けば いいですか？
世衣狗爹　兜一咖開巴　衣一爹思咖
e.i.go.de.　do.u.ka.ke.ba.　i.i.de.su.ka.
用英文該怎麼寫？

⮐ どうやって 行けば いいですか？
兜一呀・貼　衣開巴　衣一爹思咖
do.u.ya.tte.　i.ke.ba.　i.i.de.su.ka.
該怎麼走？

何<ruby>なん</ruby>と言<ruby>い</ruby>いますか？

拿嗯偷　衣一媽思咖
na.n.to.　i.i.ma.su.ka.
該怎麼說呢？

説　明

不知道一句話怎麼講的時候，可以用這句話詢問。或是想要形容事物卻難以言喻的時候，用這句話可以表達自己的心情。

會　話

Ⓐ パープルは　日本語で　何と　言いますか？
趴一撲嚕哇　你吼嗯狗爹　拿嗯偷　衣一媽思咖
pa.a.pu.ru.wa.　ni.ho.n.go.de.　na.n.to.　i.i.ma.su.ka.
purple 的日文怎麼說？

Ⓑ むらさきです。
母啦撒 key 爹思
mu.ra.sa.ki.de.su.
是「紫色」。

相　關

➡ 英語で　何と　言いますか？
廿一狗爹　拿嗯偷　衣一媽思咖
e.i.go.de.　na.n.to.　i.i.ma.su.ka.
用英文怎麼說。

➡ 何と　言うのか？
拿嗯偷　衣烏 no 咖
na.n.to.　i.u.no.ka.
該怎麼說？

誰_{だれ}?

搭勒
da.re.
是誰?

說 明

要問談話中所指的人是誰,或是問誰做了這件事等,都可以使用這個字來發問。

會 話

Ⓐ あの人は 誰?
阿 nohe 偷哇　搭勒
a.no.hi.to.wa.　da.re.
那個人是誰?

Ⓑ 野球部の 佐藤先輩です。
呀 Q 一捕 no　撒偷一誰嗯趴衣爹思
ya.ku.u.bu.no.　sa.to.u.se.n.pa.i.de.su.
棒球隊的佐藤學長。

相 關

⤷ 教室には 誰が いましたか?
克優一吸此你哇　搭勒嘎　衣媽吸他咖
kyo.u.shi.tsu.ni.wa.　da.re.ga.　i.ma.shi.ta.ka.
誰在教室裡?

⤷ これは 誰の 傘ですか?
口勒哇　搭勒 no　咖撒爹思咖
ko.re.wa.　da.re.no.　ka.sa.de.su.ka.
這是誰的傘?

食べたことがありますか？

他背他口偷嘎　阿哩媽思咖
ta.be.ta.ko.to.ga.　a.ri.ma.su.ka.
吃過嗎？

説　明

動詞過去式加上「ことがあります」，是表示經驗。「～たことが
あります」意為「有～的經驗」，「～たことがありません」則為「沒
有～的經驗」。問句「～たことがありますか」即是詢問對方有沒
有做過某件事的經歷。有的話就回答「はい、あります」，沒有的
話就説「いいえ、ありません」。

會　話

Ⓐ イタリア料理を　食べたことが　ありますか？
衣他哩阿溜一哩喔　他背他口偷嘎　阿哩媽思咖
i.ta.ri.a.ryo.u.ri.o.　ta.be.ta.ko.to.ga.　a.ri.ma.su.ka.
你吃過義大利菜嗎？

Ⓑ いいえ、食べたことが　ありません。
衣一世　他背他口偷嘎　阿哩媽誰嗯
i.i.e.　ta.be.ta.ko.to.ga.　a.ri.ma.se.n.
沒有，我沒吃過。

相　關

⮕ 見たことが　ありますか？
咪他口偷嘎　阿哩媽思咖
mi.ta.ko.to.ga.　a.ri.ma.su.ka.
看過嗎？

⮫ 行ったことが あります。
衣・他口偷嘎 阿哩媽思
i.tta.ko.to.ga. a.ri.ma.su.
去過。

⮫ 聞いたことが あります。
key 一他口偷嘎 阿哩媽思
ki.i.ta.ko.to.ga. a.ri.ma.su.
曾經聽過。

⮫ 見たことが ありません。
咪他口偷嘎 阿哩媽誰嗯
mi.ta.ko.to.ga. a.ri.ma.se.n.
沒看過。

⮫ 友だちと 一緒に 行ったことが あります。
偷謀搭漆偷 衣・休你 衣・他口偷嘎 阿哩媽思
to.mo.da.chi.to. i.ssho.ni. i.tta.ko.to.ga. a.ri.ma.su.
曾經和朋友一起去過。

⮫ 日本に 行ったことが ありません。
你吼嗯你 衣・他口偷嘎 阿哩媽誰嗯
ni.ho.n.ni. i.tta.ko.to.ga. a.ri.ma.se.n.
不曾去過日本。

いかがですか？

衣咖嘎爹思咖
i.ka.ga.de.su.ka.
如何呢？

説　明

「いかがですか」是「覺得如何」「好嗎」的意思，用來詢問對方的想法，是比較禮貌的用法。

會　話

Ⓐ もう　一杯　コーヒーを　いかがですか？
謀一　衣・趴衣　ローhe一喔　衣咖嘎爹思咖
mo.u.　i.ppa.i.　ko.o.hi.i.o.　i.ka.ga.de.su.ka.
再來一杯咖啡如何？

Ⓑ 結構です。
開・ロー爹思
ke.kko.u.de.su.
不用了。

相　關

➜ ご気分は　いかがですか？
狗key捕嗯哇　衣咖嘎爹思咖
go.ki.bu.n.wa.　i.ka.ga.de.su.ka.
現在覺得怎麼樣？

➜ 早めに　お休みに　なっては　いかがでしょう？
哈呀妹你　歐呀思咪你　拿・貼哇　衣咖嘎爹休一
ha.ya.me.ni.　o.ya.su.mi.ni.　na.tte.wa.　i.ka.ga.de.sho.u.
要不要早點休息？

空_あいていますか？

阿衣貼 衣媽思咖
a.i.te. i.ma.su.ka.
有空嗎？

説　明

「空く」原是空間上有空位的意思，引申在時間上則為「空閒時間」、「有空」的意思。「空いていますか」是詢問對方有沒有空。「空いています」和「暇です」雖然都是「有空」的意思，但是「空いています」是「有空」、「能抽出空檔」之意。而「暇です」則帶有「沒事做」、「很閒」的感覺。所以要詢問對方是否有空的時候，最好是用「空いていますか」。「暇ですか」的感覺比較像是在問對方是不是很閒。兩者的分別如下：

「空いていますか」：禮貌地詢問對方是否有空。

「暇ですか」：非正式場合問熟人、朋友是否有空。或是問對方是不是很閒沒事做。

另外，詢問對方有沒有空，也可以說「今、お手すきでしょうか」、「お時間はよろしいでしょうか」、「お時間いただけますでしょうか」。

會話 1

Ⓐ ね、涼子。来週末は　空いている？

　　內　溜一口　啦衣噓一媽此哇　阿衣貼衣嚕
　　ne. ryo.u.ko ra.i.shu.u.ma.tsu.wa. a.i.te.i.ru.
　　涼子，下週末你有空嗎？

Ⓑ 来週？うん、空いているよ。どうしたの？

　　啦衣噓一　烏嗯　阿衣貼衣嚕優　兜一吸他 no
　　ra.i.shu.u. u.n. a.i.te.i.ru.yo. do.u.shi.ta.no.
　　下週嗎？嗯，有空啊。有什麼事嗎？

會話2

Ⓐ くるみ、明日は 空いているか？
哭嚕咪　　阿吸他哇　阿衣貼衣嚕咖
ku.ru.mi. a.shi.ta.wa. a.i.te.i.ru.ka.
久留美，明天你有空嗎？

Ⓑ うん、大丈夫だけど、何？
烏嗯　　搭衣糾一捕搭開兜　　拿你
u.n. da.i.jo.u.bu.da.ke.do. na.ni.
嗯，有空啊，什麼事嗎？

相 關

⤷ 今週は いつが 空いていますか。
口嗯噓一哇　衣此嘎　阿衣貼衣媽思咖
ko.n.shu.u.wa. i.tsu.ga. a.i.te.i.ma.su.ka.
這星期哪天有空呢？

何を考えていますか？
なに　かんが

拿你喔　咖嗯嘎廿貼　衣媽思咖
na.ni.o. ka.n.ga.e.te. i.ma.su.ka.
在想什麼？

説 明

「考える」是「思考」的意思。看到別人在若有所思的時候，要問對方在想什麼，就説「何を考えていますか」，此句若是加強了語氣，就帶有質問的語氣，即「不知道你在想什麼」、「你到底在想些什麼」。

會 話

Ⓐ さっきから じっと 同じ ページを 見つめていて、何を 考えて いるんですか？

撒・key 咖啦　基・偷　歐拿基　呸一基喔　咪此妹貼衣貼　拿你喔　咖嗯嘎廿貼　衣嚕嗯爹思咖
sa.kki.ka.ra. ji.tto. o.na.ji. pe.e.ji.o. mi.tsu.me.te.i.te. na..ni.o. ka.n.ga.e.te. i.ru.n.de.su.ka.

你從剛剛開始就看著同一頁，在想什麼嗎？

Ⓑ あっ、別に。

阿　背此你
a. be.tsu.ni.

啊，沒什麼。

相 關

➔ 何を 考えて いるの？

拿你喔　咖嗯嘎廿貼　衣嚕 no
na.ni.o. ka.n.ga.e.te. i.ru.no.

你在想什麼？

何を　考えているのか　わからない。

拿你喔　咖嗯嘎世貼衣嚕no咖　　哇咖啦拿衣
na.ni.o. ka.n.ga.e.te.i.ru.no.ka. wa.ka.ra.na.i.

我搞不懂（你）在想什麼。

女って　何を　考えて　いるか　本当に　わかりません。

歐嗯拿・貼　拿你喔　咖嗯嘎世貼　衣嚕咖　吼嗯偷一你
哇咖哩媽誰嗯
o.n.na.tte.　　na.ni.o.　ka.n.ga.e.te.　i.ru.ka.
ho.n.to.u.ni.　wa.ka.ri.ma.se.n.

我眞的搞不懂女生在想什麼。

メールを　返さない　人って　何を　考えて　いるの？

妹一嚕喔　咖世撒拿衣　he偷・貼　拿你喔　咖嗯嘎世貼
衣嚕no
me.e.ru.o.　　ka.e.sa.na.i.　hi.to.tte.　　na.ni.o.
ka.n.ga.e.te.　i.ru.no.

不回信的人到底都在想什麼呢？

今さら　何を　考えて　いるのよ！

衣媽撒啦　拿你喔　咖嗯嘎世貼　衣嚕no優
i.ma.sa.ra.　na.ni.o.　ka.n.ga.e.te.　i.ru.no.yo.

事到如今你還在想什麼啊！

どう思いますか？

兜一 喔謀衣媽思咖
do.u. o.mo.i.ma.su.ka.
覺得如何？

説　明

「思う」是「思考」、「想」的意思，用在表達自己的想法時，會説「～と思います」，即「我覺得～」。而「どう」是「怎麼」的意思；故想詢問對方對於某件事物的看法時，會説「どう思いますか」。

會　話

Ⓐ　今回の　新曲、どう　思いますか？
　　口嗯咖衣 no　　吸嗯克優哭　　兜一　歐謀衣媽思咖
　　ko.n.ka.i.no. shi.n.kyo.ku. do.u. o.mo.i.ma.su.ka.
　　這次的新歌，你覺得如何？

Ⓑ　すばらしいの　一言です。
　　思巴啦吸ー no　　he 偷口偷爹思
　　su.ba.ra.shi.i.no. hi.to.ko.to.de.su.
　　只能說很棒。

相　關

⤵ みんなは　どう思う？
　　咪嗯拿哇　　兜一歐謀烏
　　mi.n.na.wa. do.u.o.mo.u.
　　大家覺得如何呢？

⤵ 結婚って　どう思う。
　　開・口嗯・貼　兜一歐謀烏
　　ke.kko.n.tte. do.u.o.mo.u.

你覺得結婚怎麼樣呢？

レジ袋の　有料化に　ついて　どう　思いますか？

勒基捕哭摟 no　療ー溜ー咖你　此衣貼　兜ー　歐謀衣媽思咖

re.ji.bu.ku.ro.no.　yu.u.ryo.u.ka.ni.　tsu.i.te.　do.u.o.mo.i.ma.su.ka.

關於要塑膠袋要用錢買你覺得怎麼樣呢？

Chapter 03

請求協助篇

我的 菜日文 生活會話篇 JAPANESE

お願い。
歐內嘎衣
o.ne.ga.i.
拜託。

「お願い」是表示請求拜託的意思。更正式有禮貌的説法是「お願いします」或「お願い申し上げます」。

會話 1

Ⓐ お菓子を　買ってきて　くれない？
歐咖吸喔　咖・貼 key 貼　哭勒拿衣
o.ka.shi.o.　ka.tte.ki.te.　ku.re.na.i.
幫我買些零食回來好嗎？

Ⓑ 嫌だよ。
衣呀搭優
i.ya.da.yo.
不要！

Ⓐ お願い！
歐內嘎衣
o.ne.ga.i.
拜託啦！

會話 2

Ⓐ ホテル　でございます。
吼貼嚕　爹狗紮衣媽思
ho.te.ru.　de.go.za.i.ma.su.
這裡是飯店。

B 予約を お願いします。
優呀哭喔 歐內嘎衣吸媽思
yo.ya.ku.o. o.ne.ga.i.shi.ma.su.
麻煩你，我想要預約。

A いつの お泊りですか？
衣此 no 歐偷媽哩爹思咖
i.tsu.no. o.to.ma.ri.de.su.ka.
要預約哪一天呢？

相 關

● お願いが あるんですが。
歐內嘎衣嘎 阿嚕嗯爹思嘎
o.ne.ga.i.ga. a.ru.n.de.su.ga.
有些事要拜託你。

● お願いします。
歐內嘎衣吸媽思
o.ne.ga.i.shi.ma.su.
拜託。

● 一生の お願い！
衣 ・ 休ー no 歐內嘎衣
i.ssho.u.no. o.ne.ga.i.
這是我一生所願！

手伝ってください。

貼此搭・貼　哭搭撒衣
te.tsu.da.tte.　ku.da.sa.i.
請幫我。

説　明

「手伝ってください」的語氣較為強烈，若想要婉轉一點或是較為禮貌的説法，則可以説「手伝っていただけますか」、「手伝ってもらえますか」。而對朋友則可以説「手伝ってくれない」。

會話 1

Ⓐ 大変なので　手伝って　ください。
他衣嘿嗯拿 no 爹　貼此搭・貼　哭搭撒衣
ta.i.he.n.na.no.de.　te.tsu.da.tte.　ku.da.sa.i.
我忙不過來了，請幫我。

Ⓑ いいですよ。
衣一爹思唷
i.i.de.su.yo.
沒問題。

Ⓐ ありがとう。助かりました。
阿哩嘎偷一　　他思咖哩媽吸他
a.ri.ga.to.u.　ta.su.ka.ri.ma.shi.ta.
謝謝，幫了我大忙。

會話 2

Ⓐ ちょっと　本棚の　整理を　手伝って　くれない？
秋・偷　吼嗯搭拿 no　誰一哩喔　貼此搭・貼　哭勒拿衣
cho.tto.　ho.n.da.na.no.　se.i.ri.o.　te.tsu.da.tte.　ku.re.na.i.
可以幫我整理書櫃嗎？

B え～ 嫌だよ。
廿一　衣呀搭優
e. i.ya.da.yo.
不要。

相關

⊃ 手伝って ちょうだい。
貼此搭 ・ 貼　秋一搭衣
te.tsu.da.tte. cho.u.da.i.
幫幫我吧！

⊃ 手伝ってくれて ありがとう。
貼此搭 ・ 貼哭勒貼　阿哩嘎偷一
te.tsu.da.tte.ku.re.te. a.ri.ga.to.u.
謝謝你幫我。

これください。

口勒哭搭撒衣
ko.re.ku.da.sa.i.
請給我這個。

説 明

要求別人做什麼事的時候，後面加上ください，表示「請給我」或「請幫我」，相當於是中文裡的「請」。

會話1

Ⓐ これ ください。
口勒　哭搭撒衣
ko.re.　ku.da.sa.i.
請給我這個。

Ⓑ かしこまりました。
咖吸口媽哩媽吸他
ka.shi.ko.ma.ri.ma.shi.ta.
好的。

會話2

Ⓐ 静かに してください。
吸資咖你　吸貼哭搭撒衣
shi.zu.ka.ni.　shi.te.ku.da.sa.i.
請安靜一點。

Ⓑ すみません。
思咪媽誰嗯
su.mi.ma.se.n.
對不起。

待って。

媽・貼
ma.tte.
等一下。

要請對方稍微等自己一下的時候，可以用這句話來請對方稍作等待。
較禮貌的説法是「待ってください」、「ちょっと待ってください」，
如果是在職場或是正式場式，則是説「少々お待ちください」。

會話1

Ⓐ じゃ、行ってきます。
加　衣・貼 key 媽思
ja. i.tte.ki.ma.su.
那我走囉。

Ⓑ あっ、待ってください。
阿　媽・貼哭搭撒衣
a. ma.tte.ku.da.sa.i.
啊，等一下。

會話2

Ⓐ 手紙の　中に　何と　書いてあるの？
貼嘎咪 no　拿咖你　拿嗯偷　咖衣貼阿嚕 no
te.ga.mi.no. na.ka.ni. na.n.to. ka.i.te.a.ru.no.
信裡寫了些什麼？

Ⓑ 待っててね、胸が　どきどきして　手紙を　開けること
も　できなかった。
媽・貼貼內　母內嘎　兜 key 兜 key 吸貼　貼嘎咪喔

阿開嚕口偷謀　爹 key 拿咖　・　他
ma.tte.te.ne.　mu.ne.ga.　do.ki.do.ki.shi.te.　te.ga.
mi.o.　a.ke.ru.ko.to.mo.　de.ki.na.ka.tta.

等等，太緊張了還沒辦法打開來看。

相　關

◑ ちょっと　待ってください。
秋・偷　媽・貼哭搭撒衣
jo.tto.　ma.tte.ku.da.sa.i.

請等一下。

◑ 少々　お待ち　ください。
休一休一　歐媽漆　哭搭撒衣
sho.u.sho.u.　o.ma.chi.　ku.da.sa.i.

稍等一下。

◑ 待って。
媽・貼
ma.tte.

等等！

◑ ちょっと　待った！
秋・偷　媽・他
cho.tto.　ma.tta.

等等！／別跑！

許してください。

瘀嚕吸貼　哭搭撒衣
yu.ru.shi.te.　ku.da.sa.i.
請原諒我。

説　明

「許す」是中文裡「原諒」的意思，加上了「ください」就是請原諒我的意思。若是不小心冒犯了對方，就立即用這句話道歉，請求對方原諒。

會　話

Ⓐ　まだ　勉強中なので、間違っている　かもしれませんが、許して　くださいね。

媽搭　背嗯克優一去一拿no爹　媽漆嘎‧貼衣嚕　咖謀吸勒媽誰嗯嘎　瘀魯吸貼　哭搭撒衣內
ma.da.　be.n.kyo.u.chu.u.na.no.de.　ma.chi.ga.tte.i.ru.
ka.mo.shi.re.ma.se.n.ga.　yu.ru.shi.te.　ku.da.sa.i.ne.
我還在學習，也許會有錯誤的地方，請見諒。

Ⓑ　いいえ、こちらこそ。

衣一せ　口漆啦口搜
i.i.e.　ko.chi.ra.ko.so.
彼此彼此。

相　關

➡ お許しください。

歐瘀嚕吸哭搭撒衣
o.yu.ru.shi.ku.da.sa.i.
原諒我。

まだ　初心者なので、許して　ください。
媽搭　休吸嗯瞎拿 no 爹　瘵嚕吸貼　哭搭撒衣
ma.da.　sho.shi.n.sha.na.no.de.　yu.ru.shi.te.　ku.da.sa.i.
還是初學者，請見諒。

失礼が　あったら　お許し　ください。
吸此勒一嘎　阿·他啦　歐瘵嚕吸　哭搭撒衣
shi.tsu.re.i.ga.　a.tta.ra.　o.yu.ru.shi.　ku.da.sa.i.
要是不禮貌的話，請原諒我。

長文　お許し　ください。
秋一捕嗯　歐瘵嚕吸　哭搭撒衣
cho.u.bu.n.　o.yu.ru.shi.　ku.da.sa.i.
請原諒我寫得很長。

無知を　お許し　ください。
母漆喔　歐瘵嚕吸　哭搭撒衣
mu.chi.o.　o.yu.ru.shi.　ku.da.sa.i.
請原諒我的無知。

簡単な　質問ですが、お許し　ください。
咖嗯他嗯拿　吸此謀嗯爹思嘎　歐瘵嚕吸　哭搭撒衣
ka.n.ta.n.na.　shi.tsu.mo.n.de.su.ga.　o.yu.ru.shi.
ku.da.sa.i.
請原諒我問這麼簡單的問題。

来てください。

key 貼哭搭撒衣
ki.te.ku.da.sa.i.
請來。

説　明

要請對方走過來、參加或是前來時，都是用這句話。

會　話

Ⓐ 楽しい　時間が　すごじました。ありがとう　ござい
ました。

他 no 吸一　基咖嗯嘎　思狗誰媽吸他　阿哩嘎偷一　狗
紮衣媽吸他
ta.no.shi.i.ji.ka.n.ga.　su.go.se.ma.shi.ta.　a.ri.ga.to.u.
go.za.i.ma.shi.ta.
我渡過了很開心的時間，謝謝。

Ⓑ また　遊びに　来て　くださいね。

媽他　阿搜逼你　key 貼　哭搭撒衣內
ma.ta.　a.so.bi.ni.　ki.te.　ku.da.sa.i.ne.
下次再來玩吧！

相　關

⤷ 見に　来て　くださいね。

咪你　key 貼　哭搭撒衣內
mi.ni.　ki.te.　ku.da.sa.i.ne.
請來看。

⤷ ぜひ　ライブに　来て　ください。

賊 he　啦衣捕你　key 貼　哭搭撒衣
ze.hi.　ra.i.bu.ni.　ki.te.　ku.da.sa.i.
請來參加演唱會。

もう一度。
（いちど）

謀一衣漆兜
mo.u.i.chi.do.
再一次。

「もう」是「再」的意思，「もう一度」則為「再一次」之意。想
要請對方再說一次（もう一度言ってください），或是再做一次（も
う一度やってください），都能用「もう一度ください」這個句子。
自己想要再做、再說一次的時候，也可以說「もう一度」，例如想
要再試一次時，可以說「もう一度やってみたいです」。

會話 1

Ⓐ すみません。もう一度　説明して　ください。
思咪媽誰嗯　謀一衣漆兜　誰此妹一吸貼　哭搭撒衣
su.mi.ma.se.n.　mo.u.i.chi.do.　se.tsu.me.i.shi.te.　ku.
da.sa.i.
對不起，可以請你再說明一次嗎？

Ⓑ はい。
哈衣
ha.i.
好。

會話 2

Ⓐ もう一度　書き直して。
謀一衣漆兜　咖 key 拿歐吸貼
mo.u.i.chi.do.　ka.ki.na.o.shi.te.
重新寫一遍。

B 嫌だ。
衣呀搭
i.ya.da.
不要。

相 關

➲ もう一度 やり直して ください。
謀一衣漆兜　呀哩拿歐吸貼　哭搭撒衣
mo.u.i.chi.do. ya.ri.na.o.shi.te. ku.da.sa.i.
請再做一次。

➲ もう一度 頑張りたい。
謀一衣漆兜　嘎嗯巴哩他衣
mo.u.i.ch.do. ga.n.ba.ri.ta.i.
想再努力一次。

助けて<ruby>助<rt>たす</rt></ruby>けてください。

他思開貼　哭搭撒衣
ta.su.ke.te.　ku.da.sa.i.
請幫幫我。

遇到緊急的狀況，或是束手無策的狀態時，用「助けてください」可以表示自己的無助，以請求別人出手援助。

會　話

Ⓐ <ruby>誰<rt>だれ</rt></ruby>か <ruby>助<rt>たす</rt></ruby>けて ください！
搭勒咖　他思開貼　哭搭撒衣
da.re.ka.　ta.su.ke.te.　ku.da.sa.i.
救命啊！

Ⓑ どうしましたか？
兜一吸媽吸他咖
do.u.sh.ma.shi.ta.ka.
發生什麼事了？

相　關

➜ <ruby>助<rt>たす</rt></ruby>けて。
他思開貼
ta.su.ke.te.
救救我。

➜ <ruby>誰<rt>だれ</rt></ruby>か！
搭勒咖
da.re.ka.
救命啊！

教えてください。

歐吸世貼　哭搭撒衣
o.shi.e.te. ku.da.sa.i.
請你告訴我。／請你教我

説明

「教える」是「教導」、「告知」的意思。「～てください」則是表示請求的句型，故「教えてください」是用在向對方請教事情時。要請對方告知，或是教導自己某件事情時，都可以説「教えてください」。

會話 1

Ⓐ この部分、ちょっと わからないので、教えて ください。
口 no 捕捕嗯　秋・偷　哇咖啦拿衣 no 爹　歐吸世貼 哭搭撒衣
ko.no.bu.bu.n. cho.tto. wa.ka.ra.na.i.no.de. o.shi.e.te. ku.da.sa.i.
這部分我不太了解，可以請你告訴我嗎？

Ⓑ いいですよ。
衣一爹思優
i.i.de.su.yo.
好啊。

會話 2

Ⓐ お名前を 教えて ください。
歐拿媽世喔　歐吸世貼　哭搭撒衣
o.na.ma.e.o. o.shi.e.te. ku.da.sa.i.
請告訴我你的名字。

Ⓑ 田中　次郎　です。

他拿咖　基撲一　爹思
ta.na.ka.　ji.ro.u.　de.su.

我叫田中次郎。

會話3

Ⓐ この機械を　どうやって　動かすか　教えて　ください。

ロ no key 咖衣喔　兜一呀・貼　烏狗咖思咖　歐吸廿貼 哭搭撒衣
ko.no.ki.ka.i.o.　do.u.ya.tte.　u.go.ka.su.ka.　o.shi.e.te. ku.da.sa.i.

請教我怎麼操作這台機器。

Ⓑ はい、まずは…。

哈衣　媽資哇
ha.i.　ma.zu.wa.

好的,首先是…。

相 關

➔ 手伝って　ください。

貼此搭・貼　哭搭撒衣
te.tsu.da.tte.　ku.da.sa.i.

請幫我。

休^{やす}ませていただけませんか？

呀思媽誰貼　衣他搭開媽誰嗯咖
ya.su.me.se.te. i.ta.da.ke.ma.se.n.ka.
可以讓我休息(請假)嗎？

説　明

動詞都是用使役形來表示請求對方的同意。如「可以讓我做嗎」是「させていただけませんか」，「可以讓我用嗎」是「使わせていただけませんか」。

「休む」是休息的意思，向公司請假或休假在家是「会社を休みます」，向學校請假在家則是「学校を休みます」。故請假時可以用「休ませていただけませんか」這個句子。

會話 1

Ⓐ 部長、申し訳 ありませんが、今日は 休ませて いただけませんか？

捕秋一　謀一吸哇開　阿哩媽誰嗯嘎　克優一哇　呀思媽誰貼　衣他搭開媽誰嗯咖
bu.cho.u. mo.u.shi.wa.ke. a.ri.ma.se.n.ga. kyo.u.wa. ya.su.ma.se.te. i.ta.da.ke.ma.se.n.ka.
部長，不好意思，我今天可以請假嗎？

Ⓑ なんかあるの？

拿嗯咖阿嚕 no
na.n.ka. a.ru.no.
怎麼了嗎？

會話 2

Ⓐ 田中さん、ちょっと いいですか？

他拿咖撒嗯　秋‧偷　衣一爹思咖

ta.na.ka.sa.n.　cho.tto.　i.i.de.su.ka.
田中先生，你現在有空嗎？

B はい、何ですか？

哈衣　拿嗯爹思咖

ha.i.　na.n.de.su.ka.

有什麼事嗎？

A 明日から　来週の　水曜日まで　休ませて　いただきます。　一週間の間　よろしく　お願いします。

阿吸他咖啦　啦衣噓— no　思衣優—逼媽爹　呀思媽誰貼　衣他搭 key 媽思　衣・噓—咖嗯　no 阿衣搭　優撒吸哭　歐內嘎衣吸媽思

a.shi.ta.ka.ra.　ra.i.shu.u.no.　su.i.yo.u.bi.ma.de.　ya.su.ma.se.te.　i.ta.da.ki.ma.su.　i.sshu.u.ka.n.　no.a.i.da.　yo.ro.shi.ku.　o.ne.ga.i.shi.ma.su.

明天開始到下週的星期三我休假，這一星期就請你多幫忙。

會話 3

A 部長、姉の　結婚式が　ありますので、金曜日に　休ませて　いただきたいのですが。

捕秋—　阿內 no　開・口嗯吸 key 嘎　阿哩媽思 no 爹key 嗯優—逼你　呀思媽誰貼　衣他搭 key 他衣 no 爹思嘎

bu.cho.u.　a.ne.no.　ke.kko.n.shi.ki.ga.　a.ri.ma.su.no.de.　ki.n.yo.u.b i.ni.　ya.su.ma.se.te.　i.ta.da.ki.ta.i.no.de.su.

部長，因為我姊姊要結婚了，星期五可以請假嗎？

B いいよ。

衣—優

i.i.yo.

好啊。

相 關

○ 体調が　悪いので、今日は　休ませて　いただけませんか？

他衣秋一嘎　哇嚕衣no爹　克優一哇　呀思媽誰貼　衣他搭開媽誰嗯咖

ta.i.cho.u.ga.　wa.ru.i.no.de.　kyo.u.wa.　ya.su.ma.se.te.i.ta.da.ke.ma.se.n.ka.

我今天身體不舒服，可以讓我休息(請假)嗎？

○ 課長、その　仕事は　私に　させてください。

咖秋一　搜no　吸狗偷哇　哇他吸你　撒誰貼哭搭衣

ka.cho.u.　so.no.　shi.go.to.wa.　wa.ta.shi.ni.　sa.se.te.ku.da.sa.i.

課長，這個工作請讓我做。

○ すみません。電話を　使わせて　いただけませんか？

思咪媽誰嗯　爹嗯哇喔　此咖哇誰貼　衣他搭開媽誰嗯咖

su.mi.ma.se.n.　de.n.wa.o.　tsu.ka.wa.se.te.　i.ta.da.ke.ma.se.n.ka.

不好意思，電話可以讓我使用電話嗎？

もらえませんか？

謀啦ㄝ媽誰嗯咖
mo.ra.e.ma.se.n.ka.
可以嗎？

比起「いただけませんか」，「もらえませんか」比較沒有那麼正式，
但也是禮貌的説法，也是用於請求對方的時候。

Ⓐ 辞書を　ちょっと　見せて　もらえませんか？
基休喔　秋・偷　咪誰貼　謀啦ㄝ媽誰嗯咖
ji.sho.o.　cho.tto.　mi.se.te.　mo.ra.e.ma.se.n.ka.
字典可以借我看看嗎？

Ⓑ はい、どうぞ。
哈衣　兜一走
ha.i.　do.u.zo.
好的，請。

➔ 教えて　もらえませんか？
歐吸ㄝ貼　謀啦ㄝ媽誰嗯咖
o.shi.e.te.　mo.ra.e.ma.se.n.ka.
可以教我嗎？

➔ 傘を　貸して　もらえませんか？
咖撒喔　咖吸貼　謀啦ㄝ媽誰嗯咖
ka.sa.o.　ka.shi.te.　mo.ra.e.ma.se.n.ka.
可以借我雨傘嗎？

くれない？

哭勒拿衣
ku.re.na.i.
可以嗎？／可以給我嗎？

説　明

和「ください」比較起來，不那麼正式的説法，和朋友説話的時候，可以説「～くれない」，來表示希望對方給自己東西或是幫忙。

會　話

Ⓐ これ、買って　くれない？
口勒　咖・貼　哭勒拿衣
ko.re.　ka.tte.　ku.re.na.i.
這可以買給我嗎？

Ⓑ いいよ。たまには　プレゼント。
衣一優　　他媽你哇　撲勒賊嗯偷
i.i.yo.　ta.ma.ni.wa.　pu.re.ze.n.to.
好啊，偶爾也送你些禮物。

相　關

➲ 待って　くれない？
媽・貼　哭勒拿衣
ma.tte.　ku.re.na.i.
可以等我一下嗎？

➲ 絵の　描き方を　教えて　くれませんか？
廿 no　咖 key 咖他喔　歐吸廿貼　哭勒媽誰嗯咖
e.no.　ka.ki.ka.ta.o.　o.shi.e.te.　ku.re.ma.se.n.ka.
可以教我怎麼畫畫嗎？

ちょっとお伺いしたいんですが。

秋・偷　歐烏咖嘎衣　吸他衣嗯　爹思嘎
cho.tto. o.u.ka.ga.i. shi.ta.i.n. de.su.ga.
我想請問一下。

説　明

「…たいんですが」是向對方表達自己想要做什麼，比如説想要發問，或是想要購買物品之類的情況，就可以用這個句子。除此之外，如果是想表達「想要某樣東西」的時候，則可以使用「…がほしいんですが。」而「伺う」則是「聞く」表尊敬的説法，所以「お伺いしたいんですが」和「お聞きしたいんですが」、「聞きたいんですが」同意，是屬於較正式表示尊敬的説法。

會話1

Ⓐ ちょっと　お伺い　したいん　ですが。
秋・偷　歐烏咖嘎衣　吸他衣嗯　爹思嘎
cho.tto. o.u.ka.ga.i. shi.ta.i.n. de.su.ga.
請問一下。

Ⓑ はい。どういったこと　でしょうか？
哈衣　兜一衣・他口偷　爹休一咖
ha.i. do.u.i.tta.ko.to. de.sho.u.ka.
好的，有什麼事呢？

會話2

Ⓐ あの、ちょっと　お伺いしたい　ことが　あって　お電話　したんですが。
阿no 秋・偷　歐烏咖嘎衣　吸他衣　口偷嘎　阿・貼　歐爹嗯哇　吸他嗯爹思嘎

146

a.no. cho.tto. o.u.ka.ga.i.shi.ta.i. ko.to.ga. a.tte.
o.de.n.wa. shi.ta.n.de.su.ga.
不好意思，因為有事想請教，所以打了這通電話。

Ⓑ はい。どのような ご要件 でしょうか？
哈衣　兜 no 優一拿　狗優一開嗯　爹休一咖
ha.i. do.no.yo.u.na. go.yo.u.ke.n. de.sho.u.ka.
好的，請問有什麼問題呢？

會話 3

Ⓐ あの…、ちょっと　お伺いしたいの　ですが。
阿 no　秋・偷　歐烏咖嘎衣　吸他衣 no　爹思嘎
a.no. cho.tto. o.u.ka.ga.i.shi.ta.i.no. de.su.ga.
呃…請問一下。

Ⓑ はい、なんでしょうか？
哈衣　拿嗯爹休一咖
ha.i. na.n.de.sho.u.ka.
什麼事呢？

Chapter **04**

個人喜好篇

我的 菜日文 生活會話篇 JAPANESE

いいです。

衣一爹思
i.i.de.su.
好啊。

覺得一件事物很好，可以在該名詞前面加上「いい」，來表示自己的正面評價。除了形容事物之外，也可以用來形容人的外表、個性。如「いい人」即為「好人」；「性格がいい」即為「個性很好」。

會　話

Ⓐ こちらの　スカートは　どうですか？
口漆啦 no　思咖一偷哇　兜一爹思咖
ko.chi.ra.no.　su.ka.a.to.wa.　do.u.de.su.ka.
這件裙子如何呢？

Ⓑ いいですね。じゃ、これ　ください。
衣一爹思內　加　口勒　哭搭撒衣
i.i.de.su.ne.　ja.　ko.re.　ku.da.sa.i.
看起來不錯！我買這一件。

相　關

⤳ これで　いいですか？
口勒爹　衣一爹思咖
ko.re.de.　i.i.de.su.ka.
這樣可以嗎？

よくない。

優哭拿衣
yo.ku.na.i.
不太好。

説　明

日本人講話一向都以委婉、含蓄為特色，所以在表示自己不同的意見時，也不會直說。要是覺得不妥的話，很少直接説「だめ」，而是會用「よくない」來表示。而若是講這句話時語尾的音調調高，則是詢問對方覺得如何的意思。

會　話

Ⓐ 見て、この　ワンピース。これよくない？
咪貼　口no　哇嗯披一思　口勒優哭拿衣
mi.te.　ko.no.　wa.n.pi.i.su.　ko.re.yo.ku.na.i.
你看，這件洋裝，很棒吧！

Ⓑ うん…。まあまあだなあ。
烏嗯　媽一媽一搭拿一
u.n.　ma.a.ma.a.da.na.a.
嗯，我覺得普通。

相　關

➔ 盗撮は　よくないよ。
偷一撒此哇　優哭拿衣優
to.u.sa.tsu.wa.　yo.ku.na.i.yo.
偷拍是不好的行為。

➔ 一人で　行くのは　よくないですか？
he偷哩爹　衣哭no哇　優哭拿衣爸思咖
hi.to.ri.de.　i.ku.no.wa.　yo.ku.na.i.de.su.ka.
一個人去不好嗎？

上手。

糾一資
jo.u.zu.
很拿手。

事情做得很好的意思，「～が上手です」就是很會做某件事的意思。
另外常聽到稱讚人很厲害的「うまい」這個字，比較正式有禮貌的
講法就是「上手です」。

會　話

Ⓐ 日本語が　上手ですね。
你吼嗯狗嘎　糾一資爹思内
ni.ho.n.go.ga.　jo.u.zu.de.su.ne.
你的日文真好呢！

Ⓑ いいえ、まだまだです。
衣一せ　媽搭媽搭爹思
i.i.e.　ma.da.ma.da.de.su.
不，還差得遠呢！

相　關

➲ 字が　上手ですね。
基嘎　糾一資爹思内
ji.ga.　jo.u.zu.de.su.ne.
字寫得好漂亮。

➲ お上手を　言う。
歐糾一資喔　衣烏
o.jo.u.zu.o.　i.u.
說得真好。／真會說。

151

下手。
嘿他
he.ta.
不擅長。／笨拙。

説 明

事情做得不好，或是雖然用心做，還是表現不佳的時候，就會用這個字來形容，也可以用來謙稱自己的能力尚不足。

會 話

Ⓐ 前田さんの 趣味は 何ですか？
媽世搭撒嗯no 嘘咪哇 拿嗯爹思咖
ma.e.da.sa.n.no. shu.mi.wa. na.n.de.su.ka.
前田先生的興趣是什麼？

Ⓑ 絵が 好きですが、下手の 横好きです。
世嘎 思key爹思嘎 嘿他no 優口資key爹思
e.ga. su.ki.de.su.ga. he.ta.no. yo.ko.zu.ki.de.su.
我喜歡畫畫，但還不太拿手。

相 關

➜ 料理が 下手だ。
溜一哩嘎 嘿他搭
ryo.u.ri.ga. he.ta.da.
不會作菜。

➜ 下手な 言い訳は よせよ。
嘿他拿 衣一哇開哇 優誰優
he.ta.na. i.i.wa.ke.wa. yo.se.yo.
別說這些爛理由了。

苦手。
你嘎貼
ni.ga.te.
不喜歡。／不擅長。

説　明

當對於一件事不拿手，或是不喜歡的時候，可以用這個字來表達。另外像是不敢吃的東西、害怕的人……等，也都可以用這個字來代替。

會話 1

Ⓐ わたし、運転するのは　どうも　苦手だ。
哇他吸　烏嗯貼嗯思嚕no哇　兜一謀　你嘎貼搭
wa.ta.shi. u.n.te.n.su.ru.no.wa. do.u.mo. ni.ga.te.da.
我實在不太會開車。

Ⓑ わたしも。怖いから。
哇他吸謀　口哇衣咖啦
wa.ta.shi.mo. ko.wa.i.ka.ra.
我也是，因為開車是件可怕的事。

會話 2

Ⓐ 泳がないの？
歐優嘎拿衣no
o.yo.ga.na.i.no.
你不游嗎？

Ⓑ わたし、水が　苦手なんだ。
哇他吸　咪資嘎　你嘎貼拿嗯搭
wa.ta.shi. mi.zu.ga. ni.ga.te.na.n.da.
我很怕水。

好きです。

思 key 爹思
su.ki.de.su.
喜歡。

說　明

「好き」是喜歡的意思，在形容人、事、物上，都可以用「好き」來表示喜歡，常用的句型是「名詞＋好きです」。「大好き」則是非常喜歡的意思。除此之外，如果主詞是人，如「あなたが好きです」意為「我喜歡你」，通常帶有「愛」的意思。

會話 1

Ⓐ 作家で　一番好きなのは　誰ですか？

撒・咖爹　衣漆巴嗯思 key no 哇　搭勒爹思咖
sa.kka.de. i.chi.ba.n.su.ki.na.no.wa. da.re.de.su.ka.

你最喜歡的作家是誰？

Ⓑ 遠藤周作です。

世嗯兜一噓一撒哭爹思
e.n.do.u.shu.u.sa.ku.de.su.

遠藤周作。

會話 2

Ⓐ どんな　音楽が　好きなの？

兜嗯拿　歐嗯嘎哭嘎　思 key 拿 no
do.n.na. o.n.ga.ku.ga. su.ki.na.no.

你喜歡什麼類型的音樂呢？

Ⓑ ジャズが　好き。

加資嘎　思 key

ja.zu.ga.　su.ki.
我喜歡爵士樂。

相 關

⤷ 愛子ちゃんの　ことが　好きだ！
阿衣口搯嗯 no　口偷嘎　思 key 搭
a.i.ko.cha.n.no.　ko.to.ga.　su.ki.da.
我最喜歡愛子了。

⤷ 日本料理が　大好き。
你吼嗯溜一哩嘎　搭衣思 key
ni.ho.n.ryo.u.ri.ga.　da.i.su.ki.
我最喜歡日本菜。

⤷ 泳ぐことが　好きです。
歐優古口偷嘎　思 key 爹思
o.yo.gu.ko.to.ga.　su.ki.de.su.
我喜歡游泳。

嫌_{きら}いです。

key 啦衣爹思
ki.ra.i.de.su.
不喜歡。

相對於「好き」，「嫌い」則是討厭的意思，不喜歡的人、事、物，
都可以用這個字來形容。

會　話

Ⓐ 苦手_{にがて}な　ものは　何_{なん}ですか？
你嘎貼拿　謀 no 哇　拿嗯爹思咖
ni.ga.te.na.　mo.no.wa.　na.n.de.su.ka.
你不喜歡什麼東西？

Ⓑ 虫_{むし}です。虫_{むし}が　嫌_{きら}いです。
母吸爹思　母吸嘎　key 啦衣爹思
mu.shi.de.su. mu.shi.ga.　ki.ra.i.de.su.
昆蟲。我討厭昆蟲。

相　關

➜ 負_まけず嫌_{きら}いです。
媽開資個衣啦衣爹思
ma.ke.zu.gi.ra.i.de.su.
好強。／討厭輸。

➜ おまえなんて　大嫌_{だいきら}いだ！
歐媽せ拿嗯貼　搭衣 key 啦衣搭
o.ma.e.na.n.te.　da.i.ki.ra.i.da.
我最討厭你這傢伙了！

気(き)に入(い)ってます。

key 你衣 ‧ 貼媽思
ki.ni.i.tte.ma.su.
中意。

「気に入ってます」是「中意」、「喜歡」的意思。表示自己對很中意某樣東西、很偏愛某個人、很喜歡做某件事時,都能用這個字來表示。若要説某樣東西是自己很鍾愛的,可以用名詞説法「お気に入りです」,而不中意或不滿意的話,則可以説「気に入らない」或「気に入ってない」。

會話 1

Ⓐ これ、手作(てづく)りの 手袋(てぶくろ)です。気(き)に入(い)って いただけたら うれしいです。

口勒　貼資哭哩no　貼捕哭捜爹思　key 你衣 ‧ 貼　衣他搭開他啦　烏勒吸一爹思
ko.re. te.zu.ku.ri.no. te.bu.ku.ro.de.su. ki.ni.i.tte.i.ta.da.ke.ta.ra. u.re.shi.i.de.su.
這是我自己做的手套。希望你會喜歡。

Ⓑ ありがとう。かわいいね。

阿哩嘎偷一　咖哇衣一內
a.ri.ga.to.u. ka.wa.i.i.ne.
謝謝。真可愛耶!

會話 2

Ⓐ これ、私(わたし)の 手作(てづく)り なんだ。気(き)に 入(い)って くれたら いいな。

口勒　哇他吸 no　貼資哭哩　拿嗯搭　key 你　衣‧貼
哭勒他啦　衣一拿
ko.re.　　wa.la.shi.no.　　te.zu.ku.ri.　　na.n.da.
ki.ni.i.tte.　　ku.re.ta.ra.　　i.i.na.

這是我親手做的，希望你會喜歡。

Ⓑ ありがとう。
阿哩嘎偷一
a.ri.ga.to.u.

謝謝。

相　關

⤷ そんなに気に入ってない。
搜嗯拿你　key 你衣‧貼拿衣
so.n.na.ni.　ki.ni.i.tte.na.i.

不是那麼喜歡。

158

開心感嘆篇

やった！
呀・他
ya.tta.
太棒了！

説　明

「やった」是「やる」(做)的過去式。「やった」通常是用在很興奮、很開心的時候，意為「太好了」、「太棒了」。當自己總於完成了某件事，或者是事情的發展正合自己所願時，就可以用這個字表示興奮的心情。而若是遇到了幸運的事，也可以用這個字來表示。

會話 1

Ⓐ ただいま。
他搭衣媽
ta.da.i.ma.
我回來了。

Ⓑ お帰(かえ)り、今日(きょう)の　ご飯(はん)は　すき焼(や)きよ。
歐咖廿哩　克優一 no　狗哈嗯哇　思 key 呀 key 優
o.ka.e.ri.　kyo.u.no.　go.ha.n.wa.　su.ki.ya.ki.yo.
歡迎回家。今天吃壽喜燒喔！

Ⓐ やった！
呀・他
ta.tta.
太棒了！

會話 2

Ⓐ やった！採用(さいよう)を　もらったよ！
呀・他　撒衣優一喔　謀啦・他優

ya.tta.　sa.i.yo.u.u.　mo.ra.tta.yo.
太棒了，我被錄取了。

Ⓑ おめでとう！よかったね。
歐妹爹偷一　優咖 ‧ 他內
o.me.de.to.u.　yo.ka.tta.ne.
恭喜你，真是太好了。

會話 3

Ⓐ はい、潤ちゃんの　勝ち。
哈衣　居嗯捎嗯 no　咖漆
ha.i.　ju.n.cha.n.no.　ka.chi.
好，小潤贏了。

Ⓑ やった！
呀 ‧ 他
ya.tta.
太棒了！

すごい。

思狗衣
su.go.i.
眞厲害。

説　明

「すごい」一詞可以用在表示對事情的評價很高，也可以用來稱讚
人事物。通常後面可以直接加名詞，如「すごい人気」即「人氣很
高」。如果是加在形容詞前面的話，則是變成「すごく」，例如「非
常開心」為「すごく楽しかった」。

會話 1

Ⓐ この　ゆびわ、自分で　作ったんだ。
口 no　瘀逼哇　基捕嗯爹　此哭・他嗯搭
ko.no. yu.bi.wa. ji.bu.n.de. tsu.ku.tta.n.da.
這戒指，是我自己做的喔！

Ⓑ わあ、すごい！
哇一　思狗衣
wa.a. su.go.i.
哇，眞厲害。

會話 2

Ⓐ この　小説は　すごいです。
口 no　休一誰此哇　思狗衣爹思
ko.no. sho.u.se.tsu.wa. su.go.i.de.su.
這本小說很棒。

Ⓑ そうですね。今年の　ベストセラー　だそうです。
搜一爹思内　口偷吸 no　背思偷誰啦一　搭搜一爹思

so.u.de.su.ne. ko.to.shi.no. be.su.to.se.ra.a. da.so.u.de.su.

對啊，聽說是今年最暢銷的書。

すごい 顔つき。
思狗衣 咖歐此 key
su.go.i. ka.o.tsu.ki.
表情非常可怕。

すごい 雨です。
思狗衣 阿妹爹思
su.go.i. a.me.de.su.
好大的雨。

すごい 人気。
思狗衣 你嗯 key
su.go.i. ni.n.ki.
非常受歡迎。

さすが。

撒思嘎
sa.su.ga.
眞不愧是。

説　明

「さすが」為「名不虛傳」、「真不愧是」的意思，常用的句子是「さすがですね」、「さすが」。當自己覺得對人、事、物感到佩服時，可以用來這句話來表示真是名不虛傳。

會　話

Ⓐ 篠原さん、このプレイヤーの　使い方を　教えて　くれませんか？

吸 no 哈啦撒嗯　口 no 撲勒一呀一 no　此咖衣咖他喔歐吸世貼　哭勒媽誰嗯咖

shi.no.ha.ra.sa.n.　ko.no.pu.re.i.ya.a.no.　tsu.ka.i.ka.ta.o.　o.shi.e.te.　ku.re.ma.se.n.ka.

篠原先生，可以請你教我怎麼用這臺播放器嗎？

Ⓑ ああ、これは　簡単です。このボタンを　押すと、再生が　始まります。

阿一　口勒哇　咖嗯他嗯爹思　口 no 玻他嗯喔　歐思偷撒衣誰一嘎　哈基媽哩媽思

a.a.　ko.re.wa.　ka.n.ta.n.de.su.　ko.no.bo.ta.n.o.o.su.to.　sa.i.se.i.ga.ha.ji.ma.ri.ma.su.

啊，這個很簡單。先按下這個按鈕，就會開始播放了。

Ⓐ さすがですね。

撒思嘎爹思內
sa.su.ga.de.su.ne.

眞不愧是高手。

相 關

⤵ さすが！
撒思嘎
sa.su.ga.
名不虛傳！

⤵ さすが　プロです。
撒思嘎　撲撡爹思
sa.su.ga.　pu.ro.de.su.
果然很專業。

⤵ さすが　日本一の　名店です。
撒思嘎　你吼嗯衣漆 no　妹一貼嗯爹思
sa.su.ga.　ni.ho.n.i.chi.no.　me.i.te.n.de.su.
眞不愧是日本第一的名店。

よかった。

優咖・他
yo.ka.tta.
還好。/好險。

説明

原本預想事情會有不好的結果，或是差點就鑄下大錯，但還好事情是好的結果，就可以用這個字來表示自己鬆了一口氣，剛才真是好險的意思。另外也有「太好了」、「幸好」等慶幸的意思。

會話1

Ⓐ 教室に　財布を　落としたんですが。
克優一吸此你　撒衣夫喔　歐偷吸他嗯爹思嘎
kyo.u.shi.tsu.ni.　sa.i.fu.o.　o.to.shi.ta.n.de.su.ga.
我的皮夾掉在教室裡了。

Ⓑ この赤い　財布ですか？
ロ no 阿咖衣　撒衣夫爹思咖
ko.no.a.ka.i.　sa.i.fu.de.su.ka.
是這個紅色的皮包嗎？

Ⓐ はい、これです。よかった。
哈衣　口勒爹思　優咖・他
ha.i.　ko.re.de.su.　yo.ka.tta.
對，就是這個。真是太好了。

會話2

Ⓐ 大学に　合格した！
搭衣嘎哭你　狗一咖哭吸他
da.i.ga.ku.ni.　go.u.ka.ku.shi.ta.

166

我考上大學了。

B おめでとう！よかったね。
歐妹爹偷一　優咖・他內
o.me.de.to.u.　　yo.ka.tta.ne.
恭喜你，真是太好了。

相　關

⊃ 間に合って　よかったね。
媽你阿・貼　　優咖・他內
ma.ni.a.tte.　yo.ka.tta.ne.
還好來得及。

⊃ 日本に　来て　よかった。
你吼嗯你　key 貼　優咖・他
ni.ho.n.ni.　ki.te.　yo.ka.tta.
還好有來日本。

⊃ それは　よかった。
搜勒哇　優咖・他
so.re.wa.　yo.ka.tta.
那真是太好了。

おめでとう。

歐妹爹偷一
o.me.de.to.u.
恭喜。

説　明

「おめでとう」是「恭喜」的意思，較禮貌的話法是「おめでとう
ございます」。通常是「名詞＋おめでとう」的用法，如「誕生日
おめでとう」、「お引越しおめでとう」、「優勝おめでとう」等。
得知對方的好消息，或是在過年等特別的節日時，可以用「おめ
でとう」來表示恭喜祝賀之意。

會　話

Ⓐ 優勝した！
瘀一休一吸他
yu.sho.u.shi.ta.
我們得到冠軍了。

Ⓑ すごい！おめでとう。
思狗衣　歐妹爹偷一
su.go.i.　o.me.de.to.u.
太厲害了！恭喜！

相　關

⊃ お誕生日　　おめでとう。
歐他嗯糾一逼　歐妹爹偷一
o.ta.n.jo.u.bi.　o.me.de.to.u.
生日快樂。

明けまして　おめでとう　ございます。
阿開媽吸貼　歐妹爹偷一　狗紮衣媽思
a.ke.ma.shi.te.　o.me.de.to.u.　go.za.i.ma.su.
新年快樂。

ご結婚　おめでとう　ございます。
狗開・口嗯　歐妹爹偷一　狗紮衣媽思
go.ke.kko.n.　o.me.de.to.u.　go.za.i.ma.su.
新婚快樂。

昇進　おめでとう
休一吸嗯　歐妹爹偷一
sho.u.shi.n.　　o.me.de.to.u.
恭喜升遷。

お引越し　おめでとう。
歐 he 口吸　歐妹爹偷一
o.hi.kko.shi.　　o.me.de.to.u.
祝賀搬家。

最高。
さいこう

撒衣口一
sa.i.ko.u.
超級棒。／最好的。

用來形容自己在自己的經歷中覺得非常棒、無與倫比的事物。除了有形的物品之外，也可以用來形容經歷、事物、結果等。

會　話

Ⓐ ここからの　ビューは　最高ね。
口口咖啦 no 逼瘭一哇　撒衣口一內
ko.ko.ka.ra.no. byu.u.wa. sa.i.ko.u.ne.
從這裡看出去的景色是最棒的。

Ⓑ うん。素敵だね。
鳥嗯　思貼 key 搭內
u.n. su.te.ki.da.ne.
真的很棒。

相　關

⊃ この映画は　最高に　おもしろかった！
口 no 廿一嘎哇　撒衣口一你　歐謀吸摟咖・他
ko.no.e.i.ga.wa. sa.i.ko.u.ni. o.mo.shi.ro.ka.tta.
這部電影非常有趣。

⊃ 最高の　夏休みだ。
撒衣口一 no　拿此呀思咪搭
sa.i.ko.u.no. na.tsu.ya.su.mi.da.
最棒的暑假。

素晴(すば)らしい！

思巴啦吸一
su.ba.ra.shi.i.
眞棒！／很好！

想要稱讚對方做得很好，或是遇到很棒的事物時，都可以「素晴ら
しい」來表示自己的激賞之意。

會　話

Ⓐ　あの人(ひと)の　演奏(えんそう)は　どう？
　　阿 no he 偷 no　廿嗯搜一哇　兜一
　　a.no.hi.to.no.　e.n.so.u.wa.　do.u.
　　那個人的演奏功力如何？

Ⓑ　いやあ、素晴(すば)らしいの　一言(ひとこと)だ。
　　衣呀一　思巴啦吸一 no　he 偷口偷搭
　　i.ya.a.　su.ba.ra.shi.i.no.　hi.to.ko.to.da.
　　只能用「很棒」這個詞來形容。

相　關

➲ このアイデアは　ユニークで　素晴(すば)らしいです。
　　口 no 阿衣爹阿哇　瘀你一哭爹　思巴啦吸一爹思
　　ko.ni.a.i.de.a.wa.　yu.ni.i.ku.de.　su.ba.ra.shi.i.de.su.
　　這個想法眞獨特，實在是太棒了。

➲ わたしも　行(い)けたら　なんと　素晴(すば)らしいだろう。
　　哇他吸謀　衣開他啦　拿嗯偷　思巴啦吸一搭摟一
　　wa.ta.shi.mo.　i.ke.ta.ra.　na.n.to.　su.ba.ra.shi.i.da.ro.u.
　　要是我也能去該有多好。

当^あたった。

阿他・他
a.ta.tta.
中了。

説　明

「当たった」帶有「答對了」、「猜中了」的意思，一般用在中了彩券、樂透之外。但有時也會用在得了感冒、被石頭打到等之類比較不幸的事情。

會　話

Ⓐ 宝^{たから}くじが　当^あたった！
他咖啦哭基嘎　阿他・他
ta.ka.ra.ku.ji.ga.　a.ta.tta.
我中樂透了！

Ⓑ 本当^{ほんとう}？
吼嗯偷一
ho.n.to.u.
眞的嗎？

相　關

➲ 抽選^{ちゅうせん}で　パソコンが　当^あたった！
去一誰嗯爹　趴搜口嗯嘎　阿他・他
chu.u.se.n.de.　pa.so.ko.n.ga.　a.ta.tta.
我抽中電腦了。

➲ 飛^とんできた　ボールが　頭^{あたま}に　当^あたった。
偷嗯爹 key 他　玻一嚕嘎　阿他媽你　阿他・他
to.n.de.ki.ta.　bo.o.ru.ga.　a.ta.ma.ni.　a.ta.tta.
被飛來的球打到頭。

ラッキー！

啦・key一
ra.kki.i.
真幸運。

説 明

用法和英語中的「lucky」的意思一樣。遇到了自己覺得幸運的事情時，就可以使用。

會 話

Ⓐ ちょうど エレベーターが 来た。行こうか？
秋一兜　せ勒背一他一嘎　key他　衣ロ一咖
cho.u.do. e.re.be.e.ta.a.ga. ki.ta. i.ko.u.ka.
剛好電梯來了，走吧！

Ⓑ ラッキー！
啦・key一
ra.kki.i.
真幸運！

相 關

⊃ ラッキーな 買い物を した。
啦・key一拿　咖衣謀no喔　吸他
ra.kki.i.na. ka.i.mo.no.o. shi.ta.
很幸運買到好東西。

⊃ 今日の ラッキーカラーは 緑です。
克優一no　啦・key一咖啦一哇　咪兜哩爹思
kyo.u.no. ra.kki.i.ka.ra.a.wa. mi.do.ri.de.su.
今天的幸運色是綠色。

ほっとした。

吼 · 偷吸他
ho.tto.shi.ta.
鬆了一口氣。

「ほっとした」也可以説「ほっとしました」，是「鬆了一口氣」
的意思。對於一件事情曾經耿耿於懷、提心吊膽，但獲得解決後，
放下了心中的一塊大石頭，就可以説這句「ほっとした」，來表示
鬆了一口氣。
除此之外，緊張的生活暫時獲得舒緩，也能用「ほっとした」來表
示。

會　話

Ⓐ 先生と　相談したら、なんか　ほっとした。
誰嗯誰一偷　搜一搭嗯吸他啦　拿嗯咖　吼 · 偷吸他
se.n.se.i.to.　so.u.da.n.shi.ta.ra.　na.n.ka.　ho.tto.shi.ta.
和老師談過之後，覺得輕鬆多了。

Ⓑ よかったね。
優咖 · 他內
yo.ka.tta.ne.
那真是太好了。

相　關

➔ ほっとする　場所が　ほしい。
吼 · 偷思嚕　巴休嘎　吼吸一
ho.tto.su.ru.　ba.sho.ga.　ho.shi.i.
想要可以喘口氣的地方。

● りかちゃんの 笑顔に 出会うと ほっとします。
哩咖掐嗯no 世嘎歐你 爹阿烏偷 吼・偷吸媽思
ri.ka.cha.n.no. e.ga.o.ni. de.a.u.to. ho.tto.shi.ma.su.
看到里香你的笑容就覺得鬆了一口氣。

● 試験が 終わって ほっとする。
吸開嗯嘎 喔哇・貼 吼・偷思嚕
shi.ke.n.ga. o.wa.tte. ho.tto.su.ru.
考試結束我鬆了口氣。

● それを 聞いて ほっと 安心した。
搜勒喔 key一貼 吼・偷 阿嗯吸嗯吸他
so.re.o. ki.i.te. ho.tto. a.n.shi.n.shi.ta.
聽到之後鬆了口氣。

● あなたが 無事で 本当に ほっとした。
阿拿他嘎 捕基爹 吼嗯偷一你 吼・偷吸他
a.na.ta.ga. bu.ji.de. ho.n.to.u.ni. ho.tto.shi.ta.
你沒事讓我鬆了口氣。

楽しかった。

他 no 吸咖 ・ 他
ta.no.shi.ka.tta.
眞開心。

説 明

「楽しかった」是「楽しい」的過去式，經歷了一件很歡樂的事或
過了很愉快的一天後，會用這個字來向對方表示自己覺得很開心。

會 話

Ⓐ 今日は 楽しかった。
克優一哇　他 no 吸咖 ・ 他
kyo.u.wa.　ta.no.shi.ka.tta.
今天眞是開心。

Ⓑ うん、また 一緒に 遊ぼうね。
烏嗯　媽他　衣 ・ 休你　阿搜玻一內
u.n.　ma.ta.　i.ssho.ni.　a.so.bo.u.ne.
是啊，下次再一起玩吧！

相 關

➔ とても 楽しかったです。
偷貼謀　他 no 吸咖 ・ 他爹思
to.te.mo.　ta.no.shi.ka.tta.de.su.
覺得十分開心。

➔ 今日も 一日 楽しかった。
克優一謀　衣漆你漆　他 no 吸咖 ・ 他
kyo.u.mo.　i.chi.ni.chi.　ta.no.shi.ka.tta.
今天也很開心。

Chapter **06**

不滿抱怨篇

ひどい。
he 兜衣
hi.do.i.
眞過份！／很嚴重。

説　明

當對方做了很過份的事，或説了十分傷人的話，要向對方表示抗議時，就可以用「ひどい」來表示。另外也可以用來表示事情嚴重的程度，像是雨下得很大，房屋裂得很嚴重之類的。

會話 1

Ⓐ 人の　悪口を　言うなんて、ひどい！
he 偷 no　哇嚕哭漆喔　衣烏拿嗯貼　he 兜衣
hi.to.no. wa.ru.ku.chi.o. i.u.na.n.te. hi.do.i.
說別人壞話眞是太過份了。

Ⓑ ごめん。
狗妹嗯
go.me.n.
對不起。

會話 2

Ⓐ 雨が　ひどいですね。
阿妹嘎　he 兜衣爹思内
a.me.ga.hi.do.i.de.su.ne.
好大的雨啊！

Ⓑ そうですね。本当に　ひどい雨ですね。
搜一爹思内　吼嗯偷一你　he 兜衣阿妹爹思内
so.u.de.su.ne. ho.n.to.u.ni. hi.do.i.a.me.de.su.ne.
對啊，眞的下好大喔！

うるさい。

烏嚕撒衣
u.ru.sa.i.
很吵。

覺得很吵，深受噪音困擾的時候，可以用這句話來形容嘈雜的環境。
另外當受不了對方碎碎念，這句話也有「你很吵耶！」的意思。

會話 1

Ⓐ 音樂の　音が　うるさいです。静かに　して　ください。
歐嗯嘎哭no　歐偷嘎　烏嚕撒衣爹思　吸資咖你　吸貼
哭搭撒衣
o.n.ga.ku.no.　o.to.ga.　u.ru.sa.i.de.su.　shi.zu.ka.ni.
shi.te.　ku.da.sa.i.
音樂聲實在是太吵了，請小聲一點。

Ⓑ すみません。
思咪媽誰嗯
su.mi.ma.se.n.
對不起。

會話 2

Ⓐ 今日、どこに　行ったの？
克優一　兜口你　衣・他no
kyo.u.　do.ko.ni.　i.tta.no.
你今天要去哪裡？

Ⓑ うるさいなあ、ほっといてくれよ。
烏嚕撒衣拿一　吼・偷衣貼哭勒優
u.ru.sa.i.na.a.　ho.tto.i.te.ku.re.yo.
真囉嗦，別管我啦！

関係ない。

咖嗯開一拿衣
ka.n.ke.i.na.i.
不相關。

日文中的「関係」和中文的「關係」意思相同,「ない」則是沒有的意思,所以這個字和中文中的「不相關」的用法相同。

Ⓐ この 仕事は 四十代にも できますか?
口 no 吸狗偷哇　優嗯居一搭衣你謀　爹 key 媽思咖
ko.no.shi.go.to.wa. yo.n.ju.u.da.i.ni.mo. de.ki.ma.su.ka.
四十多歲的人也可以做這個工作嗎?

Ⓑ 歳なんて 関係ないですよ。
偷吸拿嗯貼　咖嗯開一拿衣爹思優
to.shi.na.n.te. ka.n.ke.i.na.i.de.su.yo.
這和年紀沒有關係。

Ⓐ 何を 隠してるの?
拿你喔　咖哭吸貼嚕 no
na.ni.o. ka.ku.shi.te.ru.no.
你在藏什麼?

Ⓑ お母さんには 関係ない!聞かないで。
歐咖一撒嗯你哇　咖嗯開一拿衣　key 咖拿衣爹
o.ka.a.sa.n.ni.wa. ka.n.ke.i.na.i. ki.ka.na.i.de.
和媽媽你沒有關係,別問了。

いい気味(きみ)だ。

衣ー key 咪搭
i.i.ki.mi.da.
活該。

「気味」是「感受」的意思。「いい気味」是指看到別人失敗或是
不幸而感到心情愉快,意為「活該」。
類似意思的還有「ざまみろ」,此句也是用於嘲笑別人的失敗,如:
「ざまみろ、いい気味だ」就是「看吧,活該!」指對方是自作自受、
自討苦吃。

會話1

Ⓐ 先生(せんせい)に　怒(おこ)られた。
　　誰嗯誰ー你　歐口啦勒他
　　se.n.se.i.ni.　o.ko.ra.re.ta.
　　我被老師罵了。

Ⓑ いい気味(きみ)だ。
　　衣ー key 咪搭
　　i.i.ki.mi.da.
　　活該!

會話2

Ⓐ 田中(たなか)が　課長(かちょう)に　注意(ちゅうい)された　そうだ。
　　他拿咖嘎　咖秋ー你　去ー衣撒勒他　搜ー他
　　ta.na.ka.ga.　ka.cho.u.ni.　chu.u.i.sa.re.ta.　so.u.da.
　　聽說田中被課長罵了。

Ⓐ いい気味だ！ あの 人の ことは 大嫌いなの。

衣ー key 咪搭　阿 no　he 偷 no　口偷嘎　搭衣 key 啦衣拿
no

i.i.ki.mi.da.　a.no.　hi.to.no.　ko.to.ga.　da.i.ki.ra.i.na.
no.

活該！我最討厭他了。

Ⓑ うん、私も。 気分が すっとしたよ。

烏嗯　哇他吸謀　key 捕嗯嘎　思・偷吸他優
u.n.　wa.ta.shi.mo.　ki.bu.n.ga.　su.tto.shi.ta.yo.

我也是，這樣一來心情好多了。

ずるい

資嚕衣
zu.ru.i.
眞奸詐。／眞狡猾。

「ずるい」是「狡猾」、「奸詐」的意思。通常是用在覺得對方做事不乾淨、用了不正當的手段時。另外也可以用於輕微、半開玩笑式的抱怨，像是被捉弄之後、或是覺得有點不公平時，就可以說「ずるいよ」來表示抗議。

有時嫉妒別人有很好的待遇或成就時，也可以用「ずるい」來表示，意為覺得好事都發生在別人身上，老天爺真是不公平。

Ⓐ また　宝くじが　当たった！
媽他　他咖啦哭基嘎　阿他・他
ma.ta. ta.ka.ra.ku.ji.ga. a.ta.tta.
我又中彩券了！

Ⓑ 佐藤くんが　うらやましいなあ！神様は　本当に　ずるいよ！
撒偷一哭嗯嘎　烏啦呀媽吸一拿一　咖咪撒媽哇　吼嗯偷一你　資嚕衣優
sa.to.u.ku.n.ga. u.ra.ya.ma.shi.i.na.a. ka.mi.sa.ma.wa. ho.n.to.u.ni. zu.ru.i.yo.
佐藤，我眞羨慕你。老天爺也太不公平了吧！

⊃ それは　ずるい　やり方　です。
搜勒哇　資嚕衣　呀哩咖他　爹思

so.re.wa.　zu.ru.i.　ya.ri.ka.ta.　de.su.
那樣做太狡猾了。

⤵ そんな　ずるい　まねを　しないで。
搜嗯拿　資嚕衣　媽內喔　吸拿衣爹
so.n.na.　zu.ru.i.　ma.ne.o.　shi.na.i.de.
不要做那麼下流的招數。

⤵ ここは　ひとつ　ずるい手を　使うか。
口口哇　he偷此　資嚕衣貼喔　此咖烏咖
ko.ko.wa.　hi.to.tsu.　zu.ru.i.te.o.　tsu.ka.u.ka.
要不要用些小手段呢？

⤵ 私に　言わない　なんて　ずるいよ。
哇他吸你　衣哇拿衣　拿嗯貼　資嚕衣優
wa.ta.shi.ni.　i.wa.na.i.　na.n.te.　zu.ru.i.yo.
竟然不告訴我，真是太奸詐了。

つまらない。

此媽啦拿衣
tsu.ma.ra.na.i.
眞無趣。

説　明

形容人、事、物很無趣的時候，可以用這個字來形容。也可以用在
送禮的時候，謙稱自己送的禮物只是些平凡無奇的小東西。

會話 1

Ⓐ この　番組、おもしろい？
　　ロ no　巴嗯古咪　歐謀吸摳衣
　　ko.no.　ba.n.gu.mi.　o.mo.shi.ro.i.
　　這節目好看嗎？

Ⓑ すごく　つまらない！
　　思狗哭　此媽啦拿衣
　　su.go.ku.　tsu.ma.ra.na.i.
　　超無聊的！

會話 2

Ⓐ つまらない　ものですが、どうぞ。
　　此媽啦拿衣　謀 no 爹思嘎　兜一走
　　tsu.ma.ra.na.i.　mo.no.de.su.ga.　do.u.zo.
　　一點小意思，請笑納。

Ⓑ ありがとう　ございます。
　　阿哩嘎偷一　狗紮衣媽思
　　a.ri.ga.to.u.　go.za.i.ma.su.
　　謝謝你。

うそつき。

烏搜此 key
u.so.tsu.ki.
騙子。

説　明

日文「うそ」就是謊言的意思。動詞是用「つく」，説謊的日文即為「うそをつく」。前面曾學過「うそでしょう」，問對方是不是在説謊，而「うそつき」是表示説謊的人，也就是騙子的意思。如果遇到有人不守信用，或是不相信對方所説的話時，就可以用這句話來表示抗議。

會話 1

Ⓐ ごめん、明日、行けなく　なっちゃった。
　　狗妹嗯　阿吸他　衣開拿哭　拿・搐・他
　　go.me.n.　a.shi.ta.　i.ke.na.ku.　na.ccha.tta.
　　對不起，明天我不能去了。

Ⓑ ひどい！パパのうそつき！
　　he 兜衣　　趴趴 no 烏搜此 key
　　hi.do.i.　pa.pa.no.u.so.tsu.ki.
　　眞過份！爸爸你這個大騙子。

會話 2

Ⓐ 彼と　会わなかったん　だって、うそつき。
　　咖勒偷　阿哇拿咖・他嗯　搭・貼　烏搜此 key
　　ka.re.to.　a.wa.na.ka.tta.n.　da.tte.　u.so.tsu.ki.
　　竟然說沒見他，騙子。

Ⓑ えっ？本当に　会ってないよ。
廿　吼嗯偷一你　阿・貼拿衣優
e.　ho.n.to.u.ni.　a.tte.na.i.yo.
什麼？我真的沒見他啊。

相　關

⤷ うっそー！
烏・搜一
u.sso.u.
騙人！

⤷ うそつき！
烏搜此 key
u.so.tsu.ki.
騙子！

⤷ うそを　つかない。
烏搜喔　此咖拿衣
u.so.o.　tsu.ka.na.i.
我不騙人。

損した。
搜嗯吸他
so.n.shi.ta.
虧大了。

説　明

「損」和中文中的「損失」意思相同。覺得自己吃虧了，或是後悔做了某件造成自己損失的事情，就可以用「損した」來表示生氣懊悔之意。

會話 1

Ⓐ 昨日の　飲み会、どうして　来なかったの？先生が
全部　払って　くれたのに。

key no一no　no 咪咖衣　兜一吸貼　口拿咖・他 no　誰
嗯誰一嘎　賊嗯捕　哈啦・貼　哭勒他 no 你
ki.no.u.no.　no.mi.ka.i.　do.u.shi.te.　ko.na.ka.tta.no.
se.n.se.i.ga.　ze.n.bu.　ha.ra.tte.　ku.re.ta.no.ni.

昨天你怎麼沒來聚會？老師請客耶！

Ⓑ 本当？ああ、損した。
吼嗯偷一　阿一　搜嗯吸他
ho.n.to.u.　a.a.　so.n.shi.ta.

眞的嗎？那眞是虧大了。

會話 2

Ⓐ この　小説、ネットで　ただで　読めるよ。
口 no　休一誰此　內・偷爹　他搭爹　優妹嚕優
ko.no.　sho.u.se.tsu.　ne.tto.de.　ta.da.de.　yo.me.
ru.yo.

這部小說可以在網路上免費讀喔。

Ⓑ 本当？ああ、買って 損した。
吼嗯偷一 阿一 咖·貼 搜嗯吸他
ho.n.to.u. a.a. ka.tte. so.n.shi.ta.
真的嗎？唉，買了真是虧大了。

相 關

➲ 買って 損した。
咖·貼 搜嗯吸他
ka.tte. so.n.shi.ta.
買了真是我的損失。

➲ 百万を 損した。
合呀哭媽嗯喔 搜嗯吸他
hya.ku.ma.n.e.n.o. so.n.shi.ta.
損失了一百萬。

➲ 知らないと 損する。
吸啦拿衣偷 搜嗯思嚕
shi.ra.na.i.to. so.n.su.ru.
不知道就虧大了。

がっかり。

嘎・咖哩
ga.kka.ri.
真失望。

「がっかり」是失望的意思，當人事物不如預期時，就用「がっかり」來表示。動詞是「がっかりする」，通常會用過去式「がっかりした」來表示大失所望。

會話 1

Ⓐ 合格　できなかった。がっかり。
狗一咖哭　爹 key 拿咖・他　嘎・咖哩
go.u.ka.ku.　de.ki.na.ka.tta.　ga.kka.ri.
我沒有合格，真失望。

Ⓑ また　次の　機会が　あるから、元気を　出して。
媽他　此個衣 no　key 咖衣嘎　阿嚕咖啦　給嗯 key 喔
搭吸貼
ma.ta.　tsu.gi.no.ki.ka.i.ga.　a.ru.ka.ra.　ge.n.ki.o.　da.shi.te.
下次還有機會，打起精神來。

會話 2

Ⓐ ああ、彼女に　ふられると　思わなかった。
阿一　咖 no 糾你　夫啦勒嚕偷　歐謀哇拿咖・他
a.a.　ka.no.jo.ni.　fu.ra.re.ru.to.　o.mo.wa.na.ka.tta.
沒想到會被女朋友給甩了！

Ⓑ がっかりするなよ、人生って　そんなもん　ではないで
しょう？

嘎‧咖哩思嚕拿優　基嗯誰一貼　搜嗯拿謀嗯　爹哇拿
衣爹休一
ga.kka.ri.su.ru.na.yo.　　ji.n.se.i.tte.　　so.n.na.mo.n.
de.wa.na.i.de.sho.u.
看開一點吧，人生不是只有戀愛吧！

相　關

⮕ がっかりした。
嘎‧咖哩吸他
ga.kka.ri.shi.ta.
眞失望。

⮕ がっかりするな。
嘎‧咖哩思嚕拿
ga.kka.ri.su.ru.na.
別失望。

⮕ がっかりな　結果。
嘎‧咖哩拿　開‧咖
ga.kka.ri.na.　ke.kka.
令人失望的結果。

ショック。

休・哭
sho.kku.
受到打擊。

説　明

「ショック」即英文的「shock」，受到了打擊而感到受傷，或是發生了讓人感到震撼的事情，都可以用這個字來表達自己嚇一跳、震驚、受傷的心情。動詞是用「うける」，受到打擊就是「ショックをうける」也可以説「しょうげきをうける」即「受到衝擊」的意思。

會話1

Ⓐ 最近、太った　でしょう？
撒衣 key 嗯　夫偷・他　爹休ー
sa.i.ki.n. fu.to.tta. de.sho.u.
你最近胖了嗎？

Ⓑ えっ！ショック！
世　休・哭
e. sho.kku.
什麼！打擊眞大！

會話2

Ⓐ 先生に　叱られた、ショック！
誰嗯誰ー你　吸咖啦勒他　休・哭
se.n.se.i.ni. shi.ka.ra.re.ta. sho.kku.
我被老師罵了，打擊眞大！

Ⓑ ほら、だから　言ったでしょう。
吼啦　搭咖啦　衣・他爹休

ho.ra.　　da.ka.ra.　　i.tta.de.sho.u.
你看，我就說吧。

相　關

つらい　ショックを　受けた。
此啦衣　休・哭喔　烏開他
tsu.ra.i.　sho.kku.o.　u.ke.ta.
眞是痛苦的打擊。

へえ、ショック！
廿　休・哭
he.e.　sho.kku.
什麼？眞是震驚。

ショックです。
休・哭爹思
sho.kku.de.su.
大受打擊。

まいった。

媽衣・他
ma.i.tta.
甘拜下風。/敗給你了。

「まいった」是「放棄」、「認輸」的意思，較禮貌的説法是「まいりました」。通常是用在覺得困擾或者是失敗的時候。除此之外，得到別人的稱讚而覺得不好意思時，也可以用「まいったな」，意思為「真是敗給你了」，即是請對方別再恭維了。

會話 1

Ⓐ まいったな。よろしく　頼むしかないな。
媽衣・他拿　　優撲吸哭　　他 no 母吸咖拿衣拿
ma.i.tta.na. yo.ro.shi.ku. ta.no.mu.shi.ka.na.i.na.
我沒輒了，只好交給你了。

Ⓑ 任せてよ！
媽咖誰貼優
ma.ka.se.te.yo.
交給我吧。

會話 2

Ⓐ まいったなあ。わたしの　負け。
媽衣・他拿ー　哇他吸 no　媽開
ma.i.tta.na.a. wa.ta.shi.no. ma.ke.
敗給你了，我認輸。

Ⓑ ラッキー！
啦・key ー

ra.kki.i.
真幸運！

⊃ まいった！許して　ください。
媽衣・他　瘀嚕吸貼　哭搭撒衣
ma.i.tta. yu.ru.shi.te. ku.da.sa.i.
我認輸了，請願諒我。

⊃ ああ、痛い。まいった！
阿一　衣他衣　媽衣・他
a.a. i.ta.i. ma.i.tta.
好痛喔，我認輸了。

⊃ まいりました。
媽衣哩媽吸他
ma.i.ri.ma.shi.ta.
甘拜下風。

仕方がない。

吸咖他嘎　拿衣
shi.ka.ta.ga.　na.i.
沒辦法。

「仕方」是「方法」的意思，「仕方がない」即為「沒辦法」，遇到了沒辦法解決，或是沒得選擇的情況時，可以用這句話表示「沒轍了」、「沒辦法了」。不得已要順從對方時，也可以用這句話來表示。

會話1

Ⓐ できなくて、ごめん。
爹 key 拿哭貼　狗妹嗯
de.ki.na.ku.te.　go.me.n.
對不起，我沒有辦到。

Ⓑ 仕方が　ないよね、素人　なんだから。
吸咖他嘎　拿衣優內　吸摟烏偷　拿嗯搭咖啦
shi.ka.ta.ga.　na.i.yo.ne.　shi.ro.u.to.　na.n.da.ka.ra.
沒辦法啦，你是外行人嘛！

會話2

Ⓐ 部長が　海外に　異動される　なんて、残念です。
捕秋一嘎　咖衣嘎衣你　衣兜一撒勒嚕　拿嗯貼　紮嗯內嗯爹思
bu.cho.u.ga.　ka.i.ga.i.ni.　i.do.u.sa.re.ru.　na.n.te.
za.n.ne.n.de.su.
部長要調到國外真是太可惜了。

B 寂しいけど、仕方が ないね。
撒逼吸一開兜　吸咖他嘎　拿衣內
sa.bi.shi.i.ke.do.　shi.ka.ta.ga.　na.i.ne.
雖然我也覺得很寂寞，但這也沒辦法。

相　關

➔ 仕方が ありません。
吸咖他嘎　阿哩媽誰嗯
shi.ka.ta.ga.　a.ri.ma.se.n.
沒辦法。

➔ 仕方ないね。
吸咖他拿衣內
shi.ka.ta.na.i.ne.
沒轍了。

➔ 大丈夫だよ、　それは　仕方が　ないよね。
搭衣糾一捕搭優　搜勒哇　吸咖他嘎　拿衣優內
da.i.jo.u.bu.da.yo.　so.re.wa.　shi.ka.ta.ga.　na.i.yo.ne.
沒關係啦，這也是無可奈何的事。

嫌_{いや}だ。
衣呀搭
i.ya.da.
才不要。

「嫌だ」是「不要」、「討厭」的意思，通常是用於平輩或是非正式的場合。覺得人事物很討厭，要表示厭惡時會説「嫌だ」。此外，不想答應對方請求時，回答「嫌だ」是「才不要呢」之意，此句語氣較為強烈，若是要委婉表示拒絕，則是用「それはちょっと…」。

會話 1

Ⓐ 寒_{さむ}いから　手_てを　繋_{つな}ごう。
撒母衣咖啦　貼喔　　此拿狗一
sa.mu.i.ka.ra.　te.o.　tsu.na.go.u.
好冷喔，我們手牽手好了。

Ⓑ 嫌_{いや}だ。
衣呀搭
i.ya.da.
才不要。

會話 2

Ⓐ ちょっと　手伝_{てつだ}って　くれない？
秋・偷　貼此搭・貼　哭勒拿衣
cho.tto.　te.tsu.da.tte.　ku.re.na.i.
可以幫我一下嗎？

Ⓑ まだ？もう　嫌_{いや}だよ。

媽他　謀一　衣呀搭優
ma.ta.　　mo.u.　　i.ya.da.yo.
又來了？我受不了了！

⟳ 嫌ですよ。
衣呀爹思優
i.ya.de.su.yo.
才不要咧。

⟳ 嫌なんです。
衣呀拿嗯爹思
i.ya.na.n.de.su.
不喜歡。

⟳ 嫌な人。
衣呀拿 he 偷
i.ya.na.hi.to.
討厭的人。

無理。

母哩
mu.ri.
不可能。

説明

「無理」是「不可能」的意思，絕對不可能做某件事，或是事情發生的機率是零的時候，就會用「無理」來表示絕不可能，也可以用來拒絕對方。

會話 1

Ⓐ 僕と　付き合って　くれない？
玻哭偷　此 key 阿・貼　哭勒拿攘
bo.ku.to.　tsu.ki.a.tte.　ku.re.na.i.
請和我交往。

Ⓑ ごめん、無理です！
狗妹嗯　母哩爹思
go.me.n.　mu.ri.de.su.
對不起，那是不可能的。

會話 2

Ⓐ 立てるか？
他貼嚕咖
ta.te.ru.ka.
站得起來嗎？

Ⓑ 無理だ！足が　痛くて　たまらない。
母哩搭　阿吸嘎　衣他哭貼　他媽啦拿衣

mu.ri.da.　a.shi.ga.　i.ta.ku.te.　ta.ma.ra.na.i.

不行！腳痛得受不了。

相　關

つ 無理　無理！
母哩　母哩
mu.ri.　mu.ri.
不行不行。

つ 絶対無理だ。
賊・他衣母哩搭
ze.tta.i.mu.ri.da.
絕對不可能。

つ 無理だよ。
母哩搭唷
mu.ri.da.yo.
不行啦！

大変。
たいへん

他衣嘿嗯
ta.i.he.n.
眞糟。╱難爲你了。

「大変」是表示事情很嚴重或情況很糟糕的意思。當情況變得糟糕或是事態嚴重時，説「大変です」，是「糟了」的意思，也可以引申爲事情很複雜所以讓人很辛苦很累。所以聽到別人慘痛或辛苦的經驗時，會説「大変ですね」來表示同情，即「眞是太糟了」、「辛苦你了」的意思。除此之外，「大変」也有「非常」的意思，如「大変失礼しました」，即是「非常抱歉」的意思。

會話 1

Ⓐ 携帯が　落ちました。
けいたい　　お

開一他一嘎　歐漆媽吸他
ke.i.ta.i.ga.　o.chi.ma.shi.ta.
手機掉了。

Ⓑ あらっ、大変です！
たいへん

阿啦　他衣嘿嗯爹思
a.ra.　ta.i.he.n.de.su.
眞是糟糕。

會話 2

Ⓐ もう　七時だ！
しちじ

謀一　吸漆基搭
mo.u.　shi.chi.ji.da.
已經七點了！

B あらっ、大変！急がなくちゃ。

阿啦　他衣嘿嗯　衣搜嘎拿哭掐

a.ra.　ta.i.he.n.　i.so.ga.na.ku.cha.

啊，糟了！要快點才行。

➔ 大変ですね。

他衣嘿嗯爹思內

ta.i.he.n.de.su.ne.

眞是辛苦你了。

➔ すごく　大変です。

思狗哭　他衣嘿嗯爹思

su.go.ku.　ta.i.he.n.de.su.

眞辛苦。／很嚴重。

➔ 大変　失礼しました。

他衣嘿嗯　吸此勒一吸媽吸他

ta.i.he.n.　shi.tsu.re.i.shi.ma.shi.ta.

眞的很抱歉。

面倒くさい。
めんどう

妹嗯兜一哭撒衣
me.n.do.u.ku.sa.i.
眞麻煩。

説明

「面倒」是「複雜」、「麻煩」的意思，如「面倒な手続き」即為「複雜的手續」之意。而「面倒くさい」則是強調的用法，表示「很麻煩」。另外，由於照顧別人通常會有很多麻煩的事，所以「面倒」也引申出「照顧」的意思，如「面倒を見る」即為「照顧別人」的意思。

會話 1

Ⓐ 新しい 仕事は どうだ？
あたら　　しごと
阿他啦吸一　吸狗偷哇　兜一搭
a.ta.ra.shi.i.　shi.go.to.wa.　do.u.da.
新工作的狀況如何？

Ⓑ それがね、ちょっと 面倒な ことに なったのよ。
めんどう
搜勒嘎內　秋・偷　妹嗯兜一拿　口偷你　拿・他no優
so.re.ga.ne.　cho.tto.　me.n.do.u.na.　ko.to.ni.　na.tta.
no.yo.
這個啊，好像惹出大麻煩了。

會話 2

Ⓐ 仕事なんて 面倒くさいなあ。
しごと　　　　　めんどう
吸狗偷拿嗯貼　妹嗯兜一哭撒衣拿一
shi.go.to.na.n.te.　　me.n.do.u.ku.sa.i.na.a.
工作眞麻煩。

B そんな事　言わないで。ちゃんと　しなさい。

搜嗯拿口偷　衣哇拿衣爹　掐嗯偷　吸拿撒衣

so.n.na.ko.to.　i.wa.na.i.de.　cha.n.to.　shi.na.sa.i.

別說這種話，好好幹。

相　關

⊃ ああ、面倒くさい！

阿一　妹嗯兜一哭撒衣

a.a.　me.n.do.u.ku.sa.i.

眞麻煩！

⊃ 面倒な　手続き。

妹嗯兜一拿　貼此資 key

me.n.do.u.na.　te.tsu.zu.ki.

麻煩的手續。

⊃ 面倒を　見る。

妹嗯兜一喔　咪嚕

me.n.do.u.o.　mi.ru.

照顧。

バカ。

巴咖
ba.ka.
笨蛋。

「バカ」是「笨蛋」、「傻瓜」的意思，通常以輕鬆的語氣用於朋友間開玩笑。而覺得自己太笨或太迷糊時，會説「わたしのバカ」。若是語氣太強烈，則帶有指責對方之意，例如在戲劇中常聽到的「バカヤロー」，即是嚴重辱罵別人的話語，意為「混帳」，在使用上要注意。除此之外，若是覺得事情讓人不敢相信，則可以説「そんなバカな」，意即「怎麼會有這麼蠢這麼扯的事」。

會話1

Ⓐ あなたは　何も　わかっていない。ケンちゃんの　バカ！

阿拿他哇　拿你謀　哇咖・貼衣拿衣　開嗯掐嗯ーno巴咖

a.na.ta.wa.　na.ni.mo.　wa.ka.tte.i.na.i.　ke.n.cha.n.no.ba.ka.

你什麼都不懂，小健你這個大笨蛋！

Ⓑ 何だよ！わけわからない。

拿嗯搭優　哇開哇咖啦拿衣

na.n.da.yo.　wa.ke.wa.ka.ra.na.i.

什麼啊！莫名其妙。

會話2

Ⓐ 彼は　くびに　なったよ。

咖勒哇　哭逼你　拿・他優

ka.re.wa.　ku.bi.ni.　na.tta.yo.
他被開除了。

Ⓑ そんな　バカな。
　　搜嗯拿　巴咖拿
　　so.n.na.　ba.ka.na.
怎麼可能有這種事。

相　關

⟳ わたしの　バカ。
　　哇他吸 no　巴咖
　　wa.ta.shi.　no.ba.ka.
我真是笨蛋。

⟳ バカに　するな！
　　巴咖你　思嚕拿
　　ba.ka.ni.　su.ru.na.
不要把我當笨蛋。／少瞧不起人。

⟳ そんな　バカな。
　　搜嗯拿　巴咖拿
　　so.n.na.　ba.ka.na.
怎麼有這麼扯的事。

なんだ。

拿嗯搭
na.n.da.
什麼嘛！

説　明

對於對方的態度或説法感到不滿，或者是發生的事實讓人覺得不服氣時，就可以用這個字來説。就像是中文裡的「什麼嘛！」「搞什麼啊！」。

會話 1

Ⓐ 先に　お金を　入れて　ボタンを　押すのよ。
撒 key 你　歐咖內喔　衣勒貼　玻他嗯喔　歐思 no 優
sa.ki.ni.　o.ka.ne.o.　i.re.te.　bo.ta.n.o.　o.su.no.yo.
先投錢再按按鈕。

Ⓑ なんだ、そういう　ことだったのか！
拿嗯搭　搜一衣烏　口偷搭・他 no 咖
na.n.da.　so.u.i.u.　ko.to.da.tta.no.ka.
什麼嘛，原來是這樣喔！

會話 2

Ⓐ おはよう。
歐哈優一
o.ha.yo.u.
早安。

Ⓑ なんだ、誰かと　思ったら　きみか。
拿嗯搭　搭勒咖偷　歐謀・他啦　key 咪咖

na.n.da. da.re.ka.to. o.mo.tta.ra. ki.mi.ka.
什麼啊，我還以為是誰，原來是你。

Ⓐ そんな 冷たいこと 言わないでよ、せっかく 会いに
来たのに。
搜嗯拿 此妹他衣口偷 衣哇拿衣爹優 誰・咖哭 阿
衣你 key 他 no 你
so.n.na. tsu.me.ta.i.ko.to. i.wa.na.i.de.yo.
se.kka.ku. a.i.ni. ki.ta.no.ni.
別這麼冷淡嘛，我是特地來找你耶。

相 關

➲ なんだよ！
拿嗯搭優
na.n.da.yo.
搞什麼嘛！

➲ なんだ！これは！
拿嗯搭 口勒哇
na.n.da. ko.re.wa.
這是在搞什麼！

最低。
さいてい

撒衣貼ー
sa.i.te.i.
真惡劣。

説 明

「最低」一般是指事物的最低標準，像是「最少應有多少人」、「至少該做什麼」等用法。但是用在形容人或物的時候，就變成了很嚴苛的形容詞了，如果覺得對方實在過份，無法原諒的時候，就可以用「最低」來形容對方。

會話 1

Ⓐ ね、玲子とわたし、どっちが　きれい？
內　勒ー口偷哇他吸　兜・漆嘎　key勒ー
ne. re.i.ko.to.wa.ta.shi. do.cchi.ga. ki.re.i.
我和玲子，誰比較漂亮？

Ⓑ もちろん　玲子の方が　きれい。
謀漆摟嗯　勒ー口 no 吼ー嘎　key勒ー
mo.chi.ro.n. re.i.ko.no.ho.u.ga. ki.re.i.
當然是玲子比較漂亮啊！

Ⓐ もう、あなた　最低！
謀ー　阿拿他　撒衣貼ー
mo.u. a.na.ta. sa.i.te.i.
什麼！你真可惡！

會話 2

Ⓐ コンサートは　どうだった？

口嗯撒一偷哇　兜一搭・他
ko.n.sa.a.to.wa.　do.u.da.tta.
音樂會怎麼樣？

Ⓑ 今日の　演奏は　最低だった。がっかり。
克優一 no　世嗯搜一哇　撒衣貼一搭・他　嘎・咖哩
kyo.u.no.　e.n.so.u.wa.　sa.i.te.i.da.tta.　ga.kka.ri.
今天的演奏差到極點，真讓人失望。

相 關

➲ 今度の　試験は　最低だった。
口嗯兜 no　吸開嗯哇　撒衣貼一搭・他
ko.n.do.no.　shi.ke.n.wa.　sa.i.te.i.da.tta.
這次考試真是太糟了。

➲ あの人は　最低だ。
阿 no he 偷哇　撒衣貼一搭
a.no.hi.to.wa.　sa.i.te.i.da.
那個人真糟。

しまった。

吸媽・他
shi.ma.tta.
糟了！

做錯事，或是發現忘了做什麼時，可以用這個字來表示。相當於中文裡面的「糟了」、「完了」。

Ⓐ しまった！カレーに 味醂を 入れちゃった。
吸媽・他　咖勒一你　咪哩嗯喔　衣勒掐・他
shi.ma.tta. ke.re.e.ni. mi.ri.n.o. i.re.cha.tta.
完了，我把味醂加到咖哩裡面了。

Ⓑ えっ！じゃあ、夕食は 外で 食べようか？
世　加一　瘵一休哭哇　搜偷爹　他背優一咖
e. ja.a. yu.u.sho.ku.wa. so.to.de. ta.be.yo.u.ka.
什麼！那…，晚上只好去外面吃了。

➜ 宿題を 家に 忘れて しまった。
嘘哭搭衣喔　衣世你　哇思勒貼　吸媽・他
shu.ku.da.i.o. i.e.ni. wa.su.re.te. shi.ma.tta.
我把功課放在家裡了。

➜ しまった！パスワードを 忘れちゃった。
吸媽・他　趴思哇一兜喔　哇思勒掐・他
shi.ma.tta. pa.su.wa.a.do.o. wa.su.re.cha.tta.
完了！我忘了密碼。

おかしい。

歐咖吸一
o.ka.shi.i.
好奇怪。

説　明

覺得事情怪怪的，或者是物品的狀況不太對，可以用這個字來形容。
另外要是覺得人或事很可疑的話，也可以用這個字來説明。

會　話

Ⓐ あれ、おかしいなあ。
阿勒　歐咖吸一拿一
a.re.　o.ka.shi.i.na.a.
疑，真奇怪。

Ⓑ 何が　あったの？
拿你嘎　阿・他 no
na.ni.ga.　a.tta.no.
怎麼了？

相　關

⊃ それは　おかしいですよ。
搜勒哇　歐咖吸一爹思優
so.re.wa.　o.ka.shi.i.de.su.yo.
那真是太奇怪了。

⊃ 何が　そんなに　おかしいんですか？
拿你嘎　搜嗯拿你　歐咖吸一嗯爹思咖
na.ni.ga.　so.n.na.ni.　o.ka.shi.i.n.de.su.ka.
有什麼奇怪的嗎？

別^{べつ}に。

背此你
be.tsu.ni.
沒什麼。／不在乎。

説　明

「別に」是「沒什麼」的意思、「沒關係」的意思。例如「別に話したいことがない」意即「沒有什麼想説的」。別人問發生什麼事時，如果要説「沒什麼事」，就可以回答「いや、別に」(不，沒什麼事)。需注意的是，「別に」也引申有「管它的」之意，如果別人問自己意見時，用不在乎的口氣回答「別に」，就有一種「怎樣都行」、「不想説」的輕蔑感覺，十分的不禮貌。

會話 1

Ⓐ 無理^{むり}しないで。わたしは　別に　いいよ。
母哩吸拿衣爹　哇他吸哇　背此你　衣一優
mu.ri.shi.na.i.de.　wa.ta.shi.wa.　be.tsu.ni.i.i.yo.
別勉強，別在乎我的感受。

Ⓑ ごめん。じゃあ　今日^{きょう}は　パス。
狗妹嗯　加一　克優一哇　趴思
go.me.n.　ja.a.　kyo.u.wa.　pa.su.
對不起，那我今天就不參加了。

會話 2

Ⓐ なんなの？
拿嗯拿 no
na.n.na.no.
怎麼回事？

Ⓑ 別に。
背此你
be.tsu.ni.
沒什麼。

相 關

➲ 別に どこが 気に入らない というわけ ではないん
ですが。
背此你 兜口嘎 key 你衣啦拿衣 偷衣烏哇開 爹哇拿衣
嗯爹思嘎
be.tsu.ni.do.ko.ka. ki.ni.i.ra.na.i. to.i.u.wa.ke.de.wa.
na.i.n.de.su.ga.
也不是有什麼特別不喜歡。

➲ 別に 断る 理由は 見当たらない。
別此你 口偷哇嚕 哩瘀一哇 咪阿他啦拿衣
be.tsu.ni. ko.to.wa.ru. ri.yu.u.wa. mi.a.ta.ra.na.i.
沒有找到什麼可以拒絕的特別理由。

どいて。

兜衣貼
do.i.te.
讓開！

説　明

「どいて」是「讓開」的意思，通常是用於請別人讓出路來。較禮貌的説法是「どいてください」(請讓開)或是「どいてもらいませんか」(可以讓我過嗎)。「どいて」的語氣比較強烈，如果只是想要表示借過，只要説「すみません」即能表達「借過」之意(和英文的「excuse me」類似)。

會話 1

Ⓐ ちょっと　どいて。
秋・偷　兜衣貼
cho.tto.　do.i.te.
借過一下！

Ⓑ あ、ごめん。
阿　狗妹嗯
a.　go.me.n.
啊，對不起。

會話 2

Ⓐ 邪魔を　するな。どいて。
加媽喔　思嚕拿　兜衣貼
ja.ma.o.　su.ru.na.　do.i.te.
別擋路，讓開。

Ⓑ 失礼な。

吸此勒一拿
shi.tsu.re.i.na.
眞沒禮貌。

相　關

⊃ どけ！
兜開
do.ke.
讓開！

⊃ どいて　くれ！
兜衣貼　哭勒
do.i.te.　ku.re.
給我滾到一邊去。

⊃ どいて　ください。
兜衣貼　哭搭撒衣
do.i.te.　ku.da.sa.i.
請讓開。

まったく。

媽・他哭
ma.tta.ku.
眞是的！

説　明

「まったく」有「非常…」「很…」的意思，可以用來表示事情的
程度。但當不滿對方的作法，或是覺得事情很不合理的時候，則會
用「まったく」來表示「怎麼會有這種事！真是受不了！」的不滿
情緒。

會　話

Ⓐ まったく。今日も わたしが 掃除するの？
　　媽・他哭　克優一謀　哇他吸嘎　搜一基思嚕no
　　ma.tta.ku. kyo.u.mo. wa.ta.shi.ga. so.u.ji.su.ru.no.
　　眞是的！今天也是要我打掃嗎！

Ⓑ だって、ゆきの ほうが 掃除上手 じゃない？
　　搭・貼　瘀 key no　吼一嘎　搜一基糾一資　加拿衣
　　da.tte. yu.ki.no. ho.u.ga. so.u.ji.jo.u.zu. ja.na.i.
　　因為由紀你比較會打掃嘛！

相　關

⮕ 彼にも まったく 困ったものだ。
　　咖勒你謀　媽・他哭　口媽・他謀no搭
　　ka.re.ni.mo. ma.tta.ku. ko.ma.tta.mo.no.da.
　　眞拿他沒辦法。

⮕ まったく 存じません。
　　媽・他哭　走嗯基媽誰嗯

ma.tta.ku. zo.n.ji.ma.se.n.
一無所悉。

まったく ばかげた 話だ。
媽・他哭 巴咖給他 哈拿吸搭
ma.tta.ku. ba.ka.ge.ta. ha.na.shi.da.
眞是太扯了。

あの 時は まったく どうかして いたんだ。
阿 no 偷 key 哇 媽・他哭 兜一咖吸貼 衣他嗯搭
a.no. to.ki.wa. ma.tta.ku. do.u.ka.shi.te. i.ta.n.da.
那時眞不知是怎麼了。

彼にも まったく 困ったものだ。
咖勒你謀 媽・他哭 口媽・他謀 no 搭
ka.re.ni.mo. ma.tta.ku. ko.ma.tta.mo.no.da.
眞拿他沒辦法。

けち。

開漆
ke.chi.
小氣。

日文中的小氣就是「けち」，用法和中文相同，可以用來形容人一
毛不拔。

會話 1

Ⓐ 見せて　くれたって　いいじゃない、けち！
咪誰貼　哭勒他・貼　衣一加拿衣　開漆
mi.se.te.　ku.re.ta.tte.　i.i.ja.na.i.　ke.chi.
讓我看一下有什麼關係，真小氣。

Ⓑ 大事な　ものだから　だめ。
搭衣基拿　謀 no 搭咖啦　搭妹
da.i.ji.na.　mo.no.da.ka.ra.　da.me.
因為這是很重要的東西，所以不行。

會話 2

Ⓐ 梅田くんは　本当に　けちな　人だね。
烏妹搭哭嗯哇　吼嗯偷一你　開漆拿　he 偷搭內
u.me.da.ku.n.wa.　ho.n.to.u.ni.　ke.chi.na.　hi.to.da.ne.
梅田真是個小氣的人耶！

Ⓑ そうよ。お金持ち　なのに。
搜一優　歐咖內謀漆　拿 no 你
so.u.yo.　o.ka.ne.mo.chi.　na.no.ni.
對啊，明明就是個有錢人。

飽きた。

阿 key 他
a.ki.ta.
膩了。

説　明

對事情覺得厭煩了，就可以用動詞再加上「飽きた」來表示不耐煩，例如：「食べ飽きた」代表吃膩了。

會　話

Ⓐ 今日も　オレンジジュースを　飲みたいなあ。
克優一謀　歐勒嗯基居一思喔　no 咪他衣拿一
kyo.u.mo.　o.re.n.ji.ju.u.su.o.　no.mi.ta.i.na.a.
今天也想喝柳橙汁。

Ⓑ また？毎日　飲むのは　もう飽きたよ。
媽他　媽衣你漆　no 母 no 哇　謀一阿 key 他優
ma.ta.　ma.i.ni.chi.　no.mu.no.wa.　mo.u.ka.ki.ta.yo.
還喝啊！每天都喝，我已經膩了！

相　關

➲ 聞き飽きた。
key key 阿 key 他
ki.ki.a.ki.ta.
聽膩了。

➲ 飽きっぽい。
阿 key・剖衣
a.ki.ppo.i.
三分鐘熱度。

勘弁してよ。
咖嗯背嗯　吸貼優
ka.n.be.n.　shi.te.yo.
饒了我吧！

已經不想再做某件事，或者是要請對方放過自己時，就會用這句話，
表示自己很無奈、無能為力的感覺。

會　話

Ⓐ また　カップラーメン？勘弁してよ。
媽他　咖・撲啦一妹嗯　咖嗯背嗯　吸貼優
ma.ta.　ka.ppu.ra.a.me.n.　ka.n.be.n.　shi.te.yo.
又要吃泡麵？饒了我吧。

Ⓑ 料理を　作る　暇が　ないから。
溜一哩喔　此哭嚕　he媽嘎　拿衣咖啦
ryo.u.ri.o.　tsu.ku.ru.　hi.ma.ga.　na.i.ka.ra.
因為我沒時間作飯嘛！

相　關

➔ 勘弁して　くれよ。
咖嗯背嗯　吸貼　哭勒優
ka.n.be.n.　shi.te.　ku.re.yo.
饒了我吧！

➔ 勘弁して　ください。
咖嗯背嗯　吸貼　哭搭撒衣
ka.n.be.n.　shi.te.　ku.da.sa.i.
請放過我。

遅^{おそ}い。

歐搜衣
o.so.i.
遲了。／真慢。

説明

「遅い」是「很慢」、「太遲了」的意思。抱怨別人遲到或是動作太慢的時候,可以用「遅い!」來表示「好慢喔!」、「太慢了!」。要為自己遲到或是太慢表示歉意,則是説「遅くなってすみません」。此外,「遅い」也可以用來表示「時間很晚了」、「不早了」,例如「もう遅いから」即為「已經很晚了」的意思。

會話1

Ⓐ 子供^{こども}の　ころ、もっと　勉強^{べんきょう}して　おけば　よかった。

口兜謀no　口捜　謀・偷　背嗯克優一吸貼　歐開巴優咖・他

ko.do.mo.no.　ko.ro.　mo.tto.　be.n.kyo.u.shi.te.　o.ke.ba.　yo.ka.tta.

要是小時候用功點就好了。

Ⓑ そうだよ、年^{とし}を　とってから　後悔^{こうかい}しても　遅^{おそ}い。

搜一搭優　偷吸喔　偷・貼咖啦　ロー咖衣　吸貼謀　歐搜衣

so.u.da.yo.　to.shi.o.　to.tte.ka.ra.　ko.u.ka.i.　shi.te.mo.　o.so.i.

對啊,這把年紀了再後悔也來不及了。

會話2

Ⓐ お待^またせ。ごめん、ちょっと　用事^{ようじ}が　あって　遅^{おそ}くなっちゃった。

歐媽他誰　狗妹嗯　秋‧偷　優一基嘎　阿‧貼　歐搜
哭　拿‧掐‧他

o.ma.ta.se.　go.me.n.　cho.tto.　yo.u.ji.ga.　a.tte.
o.so.ku.　na.ccha.tta.

久等了。對不起，因為有事所以遲了。

Ⓑ もう、遅いよ。
謀一　歐搜衣優
mo.u.　o.so.i.yo.
眞是的，好慢喔。

會話 3

Ⓐ もう　遅いから　早く　寝ろ。
謀一　歐搜衣咖啦　哈呀哭　內摟
mo.u.　o.so.i.ka.ra.　ha.ya.ku.　ne.ro.
已經很晚了，早點去睡！

Ⓑ うん、おやすみ。
烏嗯　歐呀思咪
u.n.　o.ya.su.mi.
嗯，晚安。

224

かわいそう。

咖哇衣搜一
ka.wa.i.so.u.
真可憐。

說　明

「かわいそう」是「可憐」的意思。形容人或小動物很可憐，會説「かわいそう」，例如「あの子供がかわいそうです」是「那個小朋友很可憐」的意思。而表示同情的時候，則是説「かわいそうに」，即是「好可憐喔」、「真可憐」的意思。
「かわいそう」和「かわいい」的音很接近，但意思截然不同，「かわいい」是可愛的意思。

會　話

Ⓐ 今日も 残業だ。
　克優一謀　紮嗯哥優一搭
　kyo.u.mo. za.n.gyo.u.da.
　今天我也要加班。

Ⓑ かわいそうに。無理 しないでね。
　咖哇衣搜一你　母哩　吸拿衣爹內
　ka.wa.i.so.u.ni. mu.ri. shi.na.i.de.ne.
　真可憐，不要太勉強喔！

相　關

➲ そんなに 犬を いじめては かわいそうだ。
　搜嗯拿你　衣奴喔　衣基妹貼哇　咖哇衣搜一搭
　so.n.na.ni. i.nu.o. i.ji.me.te.wa. ka.wa.i.so.u.da.
　這樣欺負小狗，牠很可憐耶！

かわいそうに　思う。

咖哇衣搜一你　歐謀烏

ka.wa.i.so.u.ni.o.mo.u.

好可憐。

Chapter 07

發語答腔篇

我的 菜 日文 生活會話篇 JAPANESE

はい。

哈衣
ha.i.
好。/是。

説　明

在對長輩説話，或是在較正式的場合裡，用「はい」來表示同意的意思。另外也可以表示「我在這」、「我就是」。

會話 1

(A) あの人は　櫻井さん　ですか？
阿 no he 偷哇　撒哭啦衣撒嗯　爹思咖
a.no.hi.to.wa.　sa.ku.ra.i.sa.n.　de.su.ka.
那個人是櫻井先生嗎？

(B) はい、そうです。
哈衣　搜一爹思
ha.i.　so.u.de.su.
嗯，是的。

會話 2

(A) 金曜日　までに　出して　ください。
key 嗯優一逼　媽爹你　搭吸貼　哭搭撒衣
ki.n.yo.u.bi.　ma.de.ni.　da.shi.te.　ku.da.sa.i.
請在星期五之前交出來。

(B) はい、わかりました。
哈衣　哇咖哩媽吸他
ha.i.　wa.ka.ri.ma.shi.ta.
好，我知道了。

いいえ。

衣一世
i.i.e.
不好。/不是。

説　明

在正式的場合，否認對方所説的話時，用「いいえ」來表達自己的
意見。

會話 1

Ⓐ もう　食べましたか？
謀一　他背媽吸他咖
mo.u.　ta.be.ma.shi.ta.ka.
你吃了嗎？

Ⓑ いいえ、まだです。
衣一世　媽搭爹思
i.i.e.　ma.da.de.su.
不，還沒。

會話 2

Ⓐ 英語が　お上手　ですね。
世一狗嘎　歐糾一資　爹思内
e.i.go.ga.　o.jo.u.zu.　de.su.ne.
你的英文說得真好。

Ⓑ いいえ、そんなこと　ありません。
衣一世　搜嗯拿口偷　阿哩媽誰嗯
i.i.e.　so.n.na.ko.to.　a.ri.ma.se.n.
不，你過獎了。

えっと。

ㄝ・偷

e.tto.

呃…。

回答問題的時候，如果還需要一些時間思考，日本人通常會用重複一次問題，或是利用一些詞來延長回答的時間，像是「えっと」「う～ん」之類的，都可以在思考問題時使用。

會　話

Ⓐ 全部で いくら？

賊嗯捕爹　衣哭啦

se.n.bu.de.　i.ku.ra.

全部多少錢？

Ⓑ えっと、三千円 くらいかなあ。

ㄝ・偷　撒嗯賊嗯ㄝ嗯　哭啦衣咖拿一

e.tto.　sa.n.ze.n.e.n.ku.ra.i.a.na.a.

呃…，大概三千日元左右吧。

相　關

➲ えっとね。

ㄝ・偷內

e.tto.ne.

呃…。

➲ えっと…、えっと…。

ㄝ・偷　ㄝ・偷

e.tto.　e.tto.

嗯…，嗯…。（想事情或無法立刻回答）

それもそうだ。

搜勒謀搜一搭
so.re.mo.so.u.da.
說得也對。

説　明

在談話中，經過對方的提醒、建議而讓想法有所改變時，可以用這句話來表示贊同和恍然大悟。

會　話

Ⓐ 皆で 一緒に 考えた ほうが いいよ。
咪拿爹　衣・休你　咖嗯嘎世他　吼一嘎　衣一優
mi.na.de. i.ssho.ni. ka.n.ga.e.ta. ho.u.ga. i.i.yo.
大家一起想會比較好喔！

Ⓑ それも そうだね。
搜咧謀　搜一搭內
so.re.mo. so.u.da.ne.
說得也對。

相　關

⇨ それも そうですね。
搜勒謀　搜一爹思內
so.re.mo. so.u.de.su.ne.
說得也對。

⇨ それも そう かもなあ。
搜勒謀　搜一　咖謀拿一
so.re.mo. so.u. ka.mo.na.a.
也許你說得對。

まあまあ。

媽ー媽ー
ma.a.ma.a.
還好。

要是覺得事物沒有自己預期的好，或是程度只是一般的話，會用這句話來表示。另外當對方問起自己的近況，自己覺得最近過得很普通，不算太好的話，也可以用「まあまあ」來表示。

會話 1

Ⓐ この曲が　いい。
ロ no 克優哭嘎　衣ー
ko.no.kyo.ku.ga.　i.i.
這首歌真好聽。

Ⓑ そう？まあまあだね。
搜ー　媽ー媽ー搭內
so.u.　ma.a.ma.a.da.ne.
是嗎？還好吧。

會話 2

Ⓐ 味は　どうですか？
阿基哇　兜ー爹思咖
a.ji.wa.　do.u.de.su.ka.
味道如何呢？

Ⓑ まあまあ　ですね。
媽ー媽ー　爹思內
ma.a.ma.a.　de.su.ne.
普通耶。

そうかも。

搜一咖謀
so.u.ka.mo.
也許是這樣。

「そうかも」是「そうかもしれない」的簡略説法。當對話時，對方提出了一個推斷的想法，但是聽的人也不確定這樣的想法是不是正確時，就能用「そうかも」來表示自己也不確定，但對方説的應該是對的。「そうかもね」是「説不定是這樣呢」的意思。「そうかも」較禮貌的説法是「そうかもしれません」。此句也可以用於反駁對方的意見，例如「そうかもしれないけど」、「そうかもしれませんが」即是「也許你説的也對，但是…」之意。

會話1

Ⓐ あの人、付き合い　悪いから、誘っても　来ないかも。
阿 no he 偷　此 key 阿衣　哇嚕衣咖啦　撒搜・貼謀　口拿衣咖謀
a.no.hi.to. tsu.ki.a.i. wa.ru.i.ka.ra. sa.so.tte.mo. ko.na.i.ka.mo.
那個人，因為很難相處，就算約他也不會來吧。

Ⓑ そうかもね。
搜一咖謀內
so.u.ka.mo.ne.
也許是這樣吧。

會話2

Ⓐ わたしは　頭が　おかしいの　でしょうか？
哇他吸哇　阿他媽嘎　歐咖吸一 no　爹休一咖

wa.ta.shi.wa. a.ta.ma.ga. o.ka.shi.i.no. de.sho.u.ka.

我的想法是不是很奇怪？

Ⓑ そう　かもしれませんね。

搜一　咖謀吸勒媽誰嗯內

so.u.　ka.mo.shi.re.ma.se.n.ne.

搞不好是這樣喔！

會話 3

Ⓐ 犯人は　彼ですか？

哈嗯你嗯哇　咖勒爹思咖

ha.n.ni.n.wa.　　ka.re.de.su.ka.

他是真兇嗎？

Ⓑ さあ、そうかも。

撒一　搜一咖謀

sa.a.　so.u.ka.mo.

我也不知道，說不定是。

つまり。

此媽哩
tsu.ma.ri.
也就是說。

説　明

這句話有總結的意思，在對話中，經過前面的解釋、溝通中，得出了結論和推斷，用總結的一句話講出時，就可以用到「つまり」。

會　話

Ⓐ 今日は　用事が　あるから…。
克優一哇　優一基嘎　阿嚕咖啦
kyo.u.wa.　yo.u.ji.ga.　a.ru.ka.ra.
今天有點事…。

Ⓑ つまり　行かないって　こと？
此媽哩　衣咖拿衣・貼　口偷
tsu.ma.ri.　i.ka.na.i.tte.　ko.to.
也就是說你不去囉？

相　關

➜ つまり　あなたは　何を　したいの？
此媽哩　阿拿他哇　拿你喔　吸他衣 no
tsu.ma.ri.　a.na.ta.wa.　na.ni.o.　shi.ta.i.no.
你到底是想做什麼呢？

➜ これは　つまり　お前の　ためだ。
口勒哇　此媽哩　歐媽世 no　他妹搭
ko.re.wa.　tsu.ma.ri.　o.ma.e.no.　ta.me.da.
總之這都是為了你。

だって。

搭・貼
da.tte.
但是。

受到對方的責難、抱怨時，若自己也有滿腹的委屈，想要有所辯駁時，就可以用「だって」，而使用這個字時。但是這句話可不適用於和長輩對話時使用，否則會被認為是任性又愛強辯。

會話 1

Ⓐ 早く やって くれよ。
哈呀哭　呀・貼　哭勒唷
ha.ya.ku. ya.tte. ku.re.yo.
快點去做啦！

Ⓑ だって、本当に 暇が ないんですよ。
搭・貼　吼嗯偷一你　he媽嘎　拿衣嗯爹思唷
da.tte. ho.n.to.u.ni. hi.ma.ga. na.i.n.de.su.yo.
但是，我真的沒有時間嘛！

會話 2

A：会社に 行ってくる。
咖衣瞎你　衣・貼哭嚕
ka.i.sha.ni. i.tte.ku.ru.
我去公司一趟。

B：仕事に 行くって？だって、今日は 休むって 言ってた じゃない？

吸狗偷你　衣哭・貼　搭・貼　克優一哇　呀思母・
貼　衣・貼他　加拿衣
shi.go.to.ni.　i.ku.tte.　da.tte.　kyo.u.wa.　ya.
su.mu.tte.　i.tte.ta.　ja.na.i.

你要去上班？可是今天不是休息嗎？

相　關

➲ 旅行に　行くのは　やめよう。だって、チケットが　取
れないもんね。

溜口一你　衣哭 no 哇　呀妹優一　搭・貼　漆開・偷嘎
偷勒拿衣謀嗯內
ryo.ko.u.ni.　i.ku.no.wa.　ya.me.yo.u.　da.tte.　chi.kke.
to.ga.　to.re.na.i.mo.n.ne.

我不去旅行了，因為我買不到票。

➲ わたしだって　嫌です。

哇他吸搭・貼　衣呀爹思
wa.ta.shi.dda.tte.　i.ya.de.su.

但是我也不喜歡嘛！

わたしも。

哇他吸謀
wa.ta.shi.mo.
我也是。

説　明

「も」這個字是「也」的意思,當人、事、物有相同的特點時,就可以用這個字來表現。例如「わたしも」就是「我也是」的意思;「今日も」是「今天也」的意思。

會話 1

Ⓐ 昨日　海へ　行ったんだ。
key no 一　烏咪壮　衣・他嗯搭
ki.no.u.　u.mi.e.i.tta.n.da.
我昨天去了海邊。

Ⓑ 本当?わたしも　行ったよ。
吼嗯偷一　哇他吸謀　衣・他優
ho.n.to.u.　wa.ta.shi.mo.i.tta.yo.
眞的嗎?我昨天也去了耶!

會話 2

Ⓐ 今日は　妹の　誕生日なんです。
克優一哇　衣謀一偷 no　他嗯糾一逼拿嗯爹思
kyo.u.wa.　i.mo.u.to.no.　ta.n.jo.u.bi.na.n.de.su.
今天是我妹的生日。

Ⓑ えっ、わたしも　二十日まれです。偶然　ですね。
壮　哇他吸謀　哈此咖烏媽勒爹思　古一賊嗯　爹思内
e.　wa.ta.shi.mo.　ha.tsu.ka.u.ma.re.de.su.　gu.u.ze.n.

de.su.ne.

我也是二十日生日耶！真巧。

相　關

今日も　また　雨です。

克優一謀　媽他　阿妹爹思

kyo.u.mo.　ma.ta.　a.me.de.su.

今天又是雨天。

田中さんも　鈴木さんも　佐藤さんも　みんな　おなじ
大学の　学生です。

他拿咖撒嗯謀　思資 key 撒嗯謀　撒偷一撒嗯謀　咪嗯拿
歐拿基　搭衣嘎哭 no　嘎哭誰一爹思

ta.na.ka.sa.n.mo.　su.zu.ki.sa.n.mo.　sa.to.u.sa.n.mo.
mi.n.na.o.na.ji.da.i.ga.ku.no.　ga.ku.se.i.de.su.

**田中先生、鈴木先生和佐藤先生，大家都是同一所大學的
學生。**

賛成。

撒嗯誰一
sa.n.se.i.
贊成。

和中文的「賛成」意思相同，用法也一樣。在附和別人的意見時，用來表達自己也是同樣意見。

會話 1

Ⓐ 明日　動物園に　行こうか？
阿吸他　兜一捕此廿嗯你　衣口一咖
a.shi.ta.　do.u.bu.tsu.e.n.ni.　i.ko.u.ka.
明天我們去動物園好嗎？

Ⓑ やった！賛成、賛成！
呀・他　撒嗯誰一　撒嗯誰一
ya.tta.　sa.n.se.i.　sa.n.se.i.
耶！贊成贊成！

會話 2

Ⓐ この　意見に　賛成　できないね。
口 no　衣開嗯你　撒嗯誰一　爹 key 拿衣內
ko.no.　i.ke.n.ni.　sa.n.se.i.　de.ki.na.i.ne.
我無法贊成這個意見。

Ⓑ どうして？
兜一吸貼
do.u.shi.te.
爲什麼？

とにかく。

偷你咖哭
to.ni.ka.ku.
總之。

「とにかく」是「總之」、「總之先～」的意思。在遇到困難或是複雜的狀況時，要先做出適當的處置時，就會用「とにかく」。另外在表達事物程度時，也會用到這個字，像是「とにかく寒い」，就是「不管怎麼形容，總之就是很冷」的意思。

會話 1

Ⓐ 田中さんは　用事が　あって　今日は　来られない　そうだ。

他拿咖撒嗯哇　優一基嘎　阿・貼　克優一哇　口啦勒拿衣　搜一搭
ta.na.ka.sa.wa.　yo.u.ji.ga.　a.tte.　kyo.u.wa.　ko.ra.re.na.i.　so.u.da.

田中先生今天好像因爲有事不能來了。

Ⓑ とにかく　昼まで　待って　みよう。

偷你咖哭　he 嚕媽爹　媽・貼　咪優一
to.ni.ka.ku.　hi.ru.ma.de.　ma.tte.　mi.yo.u.

總之我們先等到中午吧。

會話 2

Ⓐ わたし、来週から　日本へ　転勤する　ことに　なったんです。

哇他吸　啦衣噓一咖啦　你吼嗯世　貼嗯 key 嗯思嚕　口

偷你　拿・他嗯爹思
wa.ta.shi.　ra.i.shu.u.ka.ra.　ni.ho.n.e.　te.n.ki.n.su.ru.
ko.to.ni.　na.tta.n.de.su.
我下星期要調職到日本了。

Ⓑ えっ、それは 急ですね。とにかく 体に 気をつけて
くださいね。

世　搜勒哇　Q一爹思內　偷你咖哭　咖啦搭你　key 喔
此開貼　哭搭撒衣內
e.　so.re.wa.　kyu.u.de.su.ne.　to.ni.ka.ku.　ka.ra.
da.ni.　ki.o.tsu.ke.te.　ku.da.sa.i.ne.
咦，怎麼這麼突然？總之要多保重身體喔！

相　關

⟳ とにかく 暑いね！
偷你咖哭　阿此衣內
to.ni.ka.ku.　a.tsu.i.ne.
總之就是很熱啊！

⟳ とにかく 会議は 来週まで 延期だ。
偷你咖哭　咖衣個衣哇　啦衣噓媽爹　世嗯 key 搭
to.ni.ka.ku.　ka.i.gi.wa.　ra.shu.u.ma.de.e.n.ki.da.
總之會議先延期到下週好了。

なんか。

拿嗯咖
na.n.ka.
之類的。

「なんか」有舉例的意思，用法和意思「など」相近。在講話時，想要說的東西範圍和種類非常多，而只提出其中的一種來表示，就用「なんか」來表示，也就是「這一類的」的意思。

Ⓐ 最近は　ゴルフに　少し　飽きましたね。
撒衣 key 嗯哇　狗嚕夫你　思口吸　阿 key 媽吸他內
sa.i.ki.n.wa.　go.ru.fu.ni.　su.ko.shi.a.ki.ma.shi.ta.ne.
最近對打高爾夫球有點厭煩了。

Ⓑ じゃあ、次は　ガーデニング　なんか　どうですか？
加一　此個衣哇　嘎一爹你嗯古　拿嗯咖　兜一爹思咖
ja.a.　tsu.gi.wa.　ga.a.de.ni.n.gu.　na.n.ka.　do.u.de.su.ka.
那，下次我們來從事園藝什麼的，如何？

➲ どうせ　わたし　なんか　何も　できない。
兜一誰　哇他吸　拿嗯咖　拿你謀　爹 key 拿衣
do.u.se.　wa.ta.shi.　na.n.ka.　na.ni.mo.　de.ki.na.i.
反正像我這樣就是什麼都辦不到。

➲ お金　なんか　持って　いない。
歐咖內　拿嗯咖　謀・貼　衣拿衣

o.ka.ne. na.n.ka. mo.tte. i.na.i.

我沒有什麼錢。

⮕ お金 なんか 要りません。

歐咖內 拿嗯咖 衣哩媽誰嗯

o.ka.ne. na.n.ka. i.ri.ma.se.n.

我才不要什麼錢。

⮕ 君なんかに 分かるものか。

key 咪拿嗯咖你 哇咖嚕謀 no 咖

ki.mi.na.n.ka.ni. wa.ka.ru.mo.no.ka.

像你這種人怎麼可能會懂。

⮕ 寂しく なんか ない。

撒逼吸哭 拿嗯咖 拿衣

sa.bi.shi.ku. na.n.ka. na.i.

才不寂寞呢！

⮕ ワインか なんか ないの？

哇衣嗯咖 拿嗯咖 拿衣 no

wa.i.n.ka. na.n.ka. na.i.no.

有沒有紅酒或其他之類的？

そうとは思わ<ruby>思<rt>おも</rt></ruby>わない。

搜ー偷哇　歐謀哇拿衣
so.u.to.wa. o.mo.wa.na.i.
我不這麼認爲。

説　明

在表達自己持有相反的意見時，日本人會用到「とは思わない」這個關鍵句。表示自己並不這麼想。

會　話

Ⓐ ここの 人は 冷たいなあ。
ロロ no　he 偷哇　此妹他衣拿ー
ko.ko.no. hi.to.wa. tsu.me.ta.i.na.a.
這裡的人真是冷淡。

Ⓑ うん… そうとは 思わないけど。
鳥嗯　搜ー偷哇　歐謀哇拿衣開兜
u.n. so.u.to.wa. o.mo.wa.na.i.ke.do.
嗯…，我倒不這麼認爲。

相　關

➲ おかしい とは 思わない。
歐咖吸ー　偷哇　歐謀哇拿衣
o.ka.shi.i. to.wa. o.mo.wa.na.i.
我不覺得奇怪。

➲ ノーチャンス とは 思わない。
no ー揾嗯思　偷哇　歐謀哇拿衣
no.o. cha.n.su. to.wa. o.mo.wa.na.i.
我不認爲沒機會。

それにしても。

搜勒你吸貼謀
so.re.ni.shi.te.mo.
即使如此。

説　明

「それにしても」是「即使如此」、「就算是這樣」之意。是當自己對於一件事情已經有所預期，或者是依常理已經知道會有什麼樣的狀況，但結果卻比所預期的還要誇張嚴重時，就會用「それにしても」來表示。例如「それにしても遅いな」，是表示已經知道對方會比較晚了，但還是比預期的晚很多。另外，「それにしても」也可以用於轉換話題時當開場白用，例如「それにしても、寒いなあ」即是「是説也太冷了吧」、「話説回來，也太冷了吧」之意。

會　話

Ⓐ 田中さん　遅いですね。

他拿咖撒嗯　歐搜衣爹思內
ta.na.ka.sa.n.　o.so.i.de.su.ne.

田中先生真慢啊！

Ⓑ 道が　込んで　いるん　でしょう。

咪漆嘎　口嗯爹　衣嚕嗯　爹休ー
mi.chi.ga.　ko.n.de.　i.ru.n.　de.sho.u.

應該是因為塞車吧。

Ⓐ それにしても、こんなに　遅れる　はずがない　でしょう？

搜勒你吸貼謀　口嗯拿你　歐哭勒嚕　哈資嘎拿衣　爹休ー
so.re.ni.shi.te.mo.　ko.n.na.ni.　o.ku.re.ru.　ha.zu.ga.na.i.　de.sho.u.

246

即使如此，也不會這麼晚吧？

相 關

➔ 高いのは　知っていたが、それにしても　ちょっと　高すぎる。
他咖衣 no 哇　吸・貼衣他嘎　搜勒你吸貼謀　秋・偷他咖思個衣嚕
ta.ka.i.no.wa.　shi.tte.i.ta.ga.　so.re.ni.shi.te.mo.　cho.tto.
ta.ka.su.gi.ru.
我原本就覺得可能會很貴，但即使如此也太貴了。

➔ それにしても　寒いなあ。
搜勒你吸貼謀　撒母衣拿一
so.re.ni.shi.te.mo.　sa.mu.i.na.a.
是說，也太冷了。

残念。
紮嗯內嗯
za.n.ne.n.
可惜。

説　明

「残念」是「可惜」的意思，用來表達心中覺得婉惜時，可以用這個字。聽到別人的事情替他覺得可惜時，也可以説「残念ですね」來表示。

另外一個常用的用法是「残念ながら」，意思是「很可惜，～」。例如「残念ながら、彼に会えなかった」意即「很可惜沒能和他見上一面」。

會話 1

Ⓐ 残念でした、外れです！
紮嗯內嗯爹吸他　哈資勒爹思
za.n.ne.n.de.shi.ta.　ha.zu.re.de.su.
可惜，猜錯了。

Ⓑ へえ～！
嘿一
he.e.
什麼！

會話 2

Ⓐ 橋本さんは　二次会に　来ないそうだ。
哈吸謀偷撒嗯哇　你基咖衣你　口拿衣搜一搭
ha.shi.mo.mo.sa.n.wa.　ni.ji.ka.i.ni.　ko.na.i.so.u.da.
橋本先生好像不來續攤了。

Ⓑ そう？ それは　残念。
搜一　搜勒哇　絮嗯內嗯
so.o.　so.re.wa.　za.n.ne.n.
是嗎？那真可惜。

相　關

➔ 残念だったね。
絮嗯內嗯搭・他內
za.n.ne.n.da.tta.ne.
真是可惜啊！

➔ いい結果が　出なくて　残念だ。
衣一開・咖嘎　爹拿哭貼　絮嗯內嗯搭
i.i.ke.kka.ga.　de.na.ku.te.　za.n.ne.n.da.
可惜沒有好的結果。

➔ 残念ながら　彼に　会う機会が　なかった。
絮嗯內嗯拿嘎啦　咖勒你　阿烏key咖衣嘎　拿咖・他
za.n.ne.n.na.ga.ra.　ka.ra.ni.　a.u.ki.ka.i.ga.　na.ka.tta.
可惜和沒機會和他碰面。

まさか。

媽撒咖
ma.sa.ka.
怎麼可能。／萬一。

説　明

「まさか」是「沒想到」、「怎麼可能」的意思。當事情出乎自己的意料時，可以用「まさか」來表示驚訝。除此之外「まさか」也有「怎麼可能」的意思，用在不敢相信所發生的事情是真的、有所疑惑的時候。

另外，「まさか」也可以用有「萬一」的意思，「まさかの時」即為「緊急的時刻」、「萬一有什麼的時候」。

會話 1

Ⓐ 木村さんが　整形したそうだ。
key 母啦撒嗯嘎　誰一開一吸他搜一搭
ki.mu.ra.sa.n.ga.　se.i.ke.i.shi.ta.so.u.da.
木村小姐好像有整型。

Ⓑ まさか。そんなことが　あるはずが　ない。
媽撒咖　搜嗯拿口偷嘎　阿嚕哈資嘎　拿衣
ma.sa.ka.　so.n.na.ko.to.ga.　a.ru.ha.zu.ga.　na.i.
怎麼可能。不可能有這種事。

會話 2

Ⓐ 私が　やったのです。
哇他吸嘎　呀 · 他 no 爹思
wa.ta.shi.ga.　ya.tta.no.de.su.
是我做的。

B まさか。
媽撒咖
ma.sa.ka.
怎麼可能。

相 關

⊃ まさか 彼が 犯人だった なんて、信じられない。
媽撒咖　咖勒嘎　哈嗯你嗯搭・他　拿嗯貼　吸嗯基啦勒
拿衣
ma.sa.ka.　ka.re.ga.　ha.n.ni.n.da.tta.　na.n.te.　shi.n.ji.
ra.re.na.i.
沒想到他竟然是犯人，眞不敢相信。

⊃ まさかの 時には すぐに 知らせてくれ。
媽撒咖 no　偷 key 你哇　思古你　吸啦誰貼哭勒
ma.sa.ka.no.　to.ki.ni.wa.　su.gu.ni.　shi.ra.se.te.ku.re.
萬一有什麼事的話，請立刻通知我。

そうだ。

搜一搭
so.u.da.
對了。／就是說啊。

説　明

「そうだ」有「對了」和「就是說啊」兩個意思。突然想起某事時，可以用「そうだ」來表示自己忽然想起了什麼，或是臨時起意，例如「そうだ、山へ　行こう」，即是臨時起意要到山上走走。

當自己同意對方所說的話時，則是說「そうだよ」或「そうだね」來表示贊同對方的說法。

會話 1

Ⓐ あ、そうだ。プリン　買うのを　忘れちゃった。
阿　搜一搭　撲哩嗯　咖烏 no 喔　哇思勒掐・他
a. so.u.da.　pu.ri.n.　ka.u.no.o.　wa.su.re.cha.tta.
啊，對了。我忘了買布丁了。

Ⓑ じゃあ、買ってきて　あげる。
加一　咖・貼 key 貼　阿給魯
ja.a.　ka.tte.ki.te.　a.ge.ru.
那，我去幫你買吧。

會話 2

Ⓐ 今日は　いい天気だね。
克優一哇　衣一貼嗯 key 搭內
kyo.u.wa.　i.i.te.n.ki.da.ne.
今天真是好天氣。

Ⓑ そうだね。会社 休んで 遊びたいなあ。
搜一搭內　咖衣瞎　呀思嗯爹　阿搜逼他衣拿ー
so.u.da.ne.　ka.i.sha.　ya.su.n.de.　a.so.bi.ta.i.na.a.
就是說啊，直想要請假出去玩。

相　關

⮫ そうだよ。
搜一搭優
so.u.da.yo.
就是說啊。

⮫ そうだ、山へ 行こう。
搜一搭　呀媽世　衣口ー
so.u.da.　ya.ma.e.　i.ko.u.
對了，到山上去吧！

そんなことない。

搜嗯拿口偷拿衣
so.n.na.ko.to.na.i.
沒這回事。

説　明

「ない」有否定的意思。「そんなことない」就是「沒有這種事」
的意思。在得到對方稱讚時，用來表示對方過獎了。或是否定對方
的想法時，可以使用。

會話1

Ⓐ 今日も　きれいですね。
　　克優一謀　key 勒一爹思內
　　kyo.u.mo.　ki.re.i.de.su.ne.
　　今天也很漂亮呢！

Ⓑ いいえ、そんなこと　ないですよ。
　　衣一せ　搜嗯拿口偷　拿衣爹思優
　　i.i.e.　so.n.na.ko.to.　na.i.de.su.yo.
　　不，才沒這回事。

會話2

Ⓐ 先輩、最近　心ここに　あらずなこと、多くない　です
　　か？
　　誰嗯趴衣　撒衣 key 嗯　狗口摟口口你　阿啦資拿口偷
　　歐一哭拿衣　爹思咖
　　se.n.pa.i.　sa.i.ki.n.　ko.ko.ro.ko.ko.ni.　a.ra.zu.
　　na.ko.to.　o.o.ku.na.i.　de.su.ka.
　　前輩，你最近好像常常心不在焉耶。

B　そ、そんなこと　ないよ！
　　搜　搜嗯拿口偷　拿衣優
　　so.　so.n.na.ko.to.　na.i.yo.
　　才、才沒有那回事呢！

會話3

A　本当は　わたしのこと、嫌い　なんじゃない？
　　吼嗯偷一哇　哇他吸 no 口偷　key 啦衣　拿嗯加拿衣
　　ho.n.to.u.wa.　wa.ta.shi.no.ko.to.　ki.ra.i.　na.n.ja.na.i.
　　你其實很討厭我吧？

B　いや、そんな　ことないよ！
　　衣呀　搜嗯拿　口偷拿衣優
　　i.ya.　so.n.na.　ko.to.na.i.yo.
　　不，沒有這回事啦！

こちらこそ。

口漆啦口搜
ko.chi.ra.ko.so.
彼此彼此。

當對方道謝或道歉時，可以用這句話來表現謙遜的態度，表示自己
也深受對方照顧，請對方不用太在意。

會話 1

Ⓐ 今日は　よろしく　お願いします。
　　克優一哇　優捷吸哭　歐內嘎衣吸媽思
　　kyo.u.wa.　yo.ro.shi.ku.　o.ne.ga.i.shi.ma.su.
　　今天也請多多指教。

Ⓑ こちらこそ、よろしく。
　　口漆啦口搜　優捷吸哭
　　ko.chi.ra.ko.so.　yo.ro.shi.ku.
　　彼此彼此，請多指教。

會話 2

Ⓐ わざわざ　来てくれて、ありがとう　ございます。
　　哇紮哇紮　key 貼哭勒貼　阿哩嘎偷一　狗紮衣媽思
　　wa.za.wa.za.　ki.te.ku.re.te.　a.ri.ga.to.u.　go.za.i.ma.su.
　　謝謝你特地前來。

Ⓑ いいえ、こちらこそ。
　　衣一世　口漆啦口搜
　　i.i.e.　ko.chi.ra.ko.so.
　　不，彼此彼此。

あれっ？

阿勒
a.re.
咦？

「あれ」是「咦？」、「嗯？」的意思。加上促音的「あれっ」是加重語氣表示疑惑或是驚訝。比較有趣或可愛的説法，也可以説成「あれれれ」。

除了「あれ」，也可以用「うん？」來表示疑惑。

會話-1

Ⓐ あれっ？雨が　降って　きたよ。
阿勒　　阿妹嘎　夫・貼　key他優
a.re. a.me.ga. fu.tte. ki.ta.yo.
咦？下雨了。

Ⓑ 本当だ。
吼嗯偷一搭
ho.n.to.u.da.
眞的耶。

會話-2

Ⓐ あれっ？変だなあ。
阿勒　　嘿嗯搭拿一
a.re. he.n.da.na.a.
咦？好奇怪喔。

Ⓑ どうしたの？
兜一吸他 no

do.u.shi.ta.no.
怎麼了？

相　關

あれっ？一個　足りない。
阿勒　衣・口他哩拿衣
a.re. i.kko. ta.ri.na.i.
咦？少了一個。

あれっ？あの人は　変だなあ。
阿勒　阿 no he 偷哇　嘿嗯搭拿一
a.re. a.no.hi.to.wa. he.n.da.na.a.
咦？那個人好奇怪喔！

あれっ？ここは　どこですか？
阿勒　口口哇　兜口爹思咖
a.re. ko.ko.wa. do.ko.de.su.ka.
咦？這裡是哪裡？

さあ。

撒一
sa.a.
天曉得。/我也不知道。

説 明

當對方提出疑問，但自己也不知道答案是什麼的時候，可以一邊歪著頭，一邊説「さあ」，來表示自己也不懂。

會話 1

Ⓐ 山田さんは　どこへ　行きましたか？
呀媽搭撒嗯哇　兜口せ　衣 key 媽吸他咖
ya.ma.da.sa.n.wa.　do.ko.e.i.ki.ma.shi.ta.ka.
山田小姐去哪裡了？

Ⓑ さあ。
撒一
sa.
我也不知道。

會話 2

Ⓐ あの人は　誰ですか？
阿 no he 偷哇　搭勒爹思咖
a.no.hi.to.wa.　da.re.de.su.ka.
那個人是誰？

Ⓑ さあ。
撒一
sa.a.
我不知道。

相 關

○ さあ、知らない。
　　撒一　吸啦拿衣
　　sa.a.　shi.ra.na.i.
　　天曉得。

○ さあ、そうかもしれない。
　　撒一　搜一咖謀吸勒拿衣
　　sa.a.　so.u.ka.mo.shi.re.na.i.
　　不知道，也許是這樣吧。

○ さあ、無理かもな。
　　撒一　母哩咖謀拿
　　sa.a.　mu.ri.ka.mo.na.
　　不知道，應該不行吧。

どっちでもいい。

兜・漆爹謀衣一
do.cchi.de.mo.i.i.
都可以。／隨便。

説　明

「どっち」是「哪一個」的意思，「どっちでもいい」就是哪一個
都行、都可以的意思。這句話表示出自己覺得哪一個都可以、都能
接受。

若是覺得很不耐煩時，也會使用這句話來表示「隨便怎樣都好，我
才不在乎。」的意思，所以使用時，要記得注意語氣和表情。

禮貌一點的説法是「どちらでもいいです」。

會話 1

Ⓐ　ケーキと　アイス、どっちを　食べる？

開ー key 偷　阿衣思　兜・漆喔　他背嚕
ke.e.ki.to.　a.i.su.　do.cchi.o.　ta.be.ru.
蛋糕和冰淇淋，你要吃哪一個？

Ⓑ　どっちでもいい。

兜・漆爹謀衣一
do.cchi.de.mo.i.i.
都可以。

會話 2

Ⓐ　黒と　黄色、どちを　買う？

哭捜偷　key ー捜　兜漆喔　咖烏
ku.ro.to.　ki.i.ro.　do.cchi.o.　ka.u.
黑色和黃色，要買哪個？

Ⓑ どっちでもいい。
兜・漆爹謀衣一
do.cchi.de.mo.i.i.
哪個都行。

相　關

⟳ どちらでも　いいです。
兜漆啦爹謀　衣一爹思
do.chi.ra.de.mo.　i.i.de.su.
哪個都行。

⟳ どっちでも　いいです。
兜・漆爹謀　衣一爹思
ko.chi.de.mo.　i.i.de.su.
哪個都好。

⟳ どっちでも　いいよ。
兜・漆爹謀　衣一優
do.chi.de.mo.　i.i.yo.
都可以。

へえ。

嘿一
he.e.
哇！

「へえ」也可寫作「へー」，是「へ」這個字的音拉長，在會話中用於回應別人，意思為「哇！」、「這樣啊」、「喔」。和日本人進行會話時，隨時注意對方的反應，經常做出回應，才能表現出自己很專心在談話之中。「へえ」便是其中一種經常用到的回應方法。隨著會話內容及使用語調的不同，這個字所代表的意思也不太一樣，可以跟著 mp3 練習看看。

會　話

Ⓐ これ、チーズケーキ。自分で　作ったんだ。
口勒　　漆一資開一 key　基捕嗯爹　此哭・他嗯搭
ko.re.　chi.i.zu.ke.e.ki.　ji.bu.n.de.　tsu.ku.tta.n.da.
你看，我自己做的起士蛋糕。

Ⓑ へえ、すごい。
嘿一　思狗衣
he.e.　su.go.i.
哇，真厲害。

相　關

⤳ へえ、うまいですね。
嘿一　烏媽衣爹思內
he.i.　u.ma.i.de.su.ne.
哇，真厲害耶。

へえ、そうなんだ。

嘿一　搜一拿嗯搭

he.e. so.u.na.n.da.

喔，原來是這樣啊。

へえ、それは　初耳だ。

嘿一　搜勒哇　哈此咪咪搭

he.e. so.re.wa. ha.tsu.mi.mi.da.

喔，這還是頭一次聽說。

なるほど。

拿嚕吼兜
na.ru.ho.do.
原來如此。

「なるほど」和「へえ」有時意思相同，都有「原來如此」、「這樣啊」的意思。例如「へえ、そうなんだ」也可以説「なるほど、そうなんだ」或直接説「そうなんだ」。若是在正式的場合，則可以説「なるほど、ごもっともですね」表示「原來如此，您説得正是」。

會話 1

Ⓐ どうして　今日は　来なかったの？
兜一吸貼　克優一哇　口拿咖・他 no
do.u.shi.te.　kyo.u.wa.　ko.na.ka.tta.no.
為什麼今天沒有來？

Ⓑ ごめん、電車が　三時間も　遅れたんだ。
狗妹嗯　爹嗯瞎嘎　撒嗯基咖嗯謀　歐哭勒他嗯搭
go.me.n.　de.n.sha.ga.　sa.n.ji.ka.n.mo.　o.ku.re.ta.n.da.
對不起，火車誤點了三個小時

Ⓐ なるほど。
拿嚕吼兜
na.ru.ho.do.
原來是這樣。

會話 2

Ⓐ すごい　日焼け　ですね。
思狗衣　　he 呀開　爹思内

su.go.i.　hi.ya.ke.　de.su.ne.

你晒傷得好嚴重。

Ⓑ 先週　海へ　行ったんです。

誰嗯噓ー　烏咪せ　衣・他嗯爹思

se.n.shu.u.　u.mi.e.　i.tta.n.de.su.

因爲上星期去了海邊。

Ⓐ なるほど。

拿嚕吼兜

na.ru.ho.do.

原來如此。

もちろん。

謀漆摟嗯
mo.chi.ro.n.
當然。

當自己覺得事情理所當然，或對於事實已有十足把握時，就可以用
「もちろん」來表示很有胸有成竹、理直氣壯的感覺。

會話 1

Ⓐ 二次会に　行きますか？
你基咖衣你　衣 key 媽思咖
ni.ji.ka.i.ni. i.ki.ma.su.ka.
要不要去續攤？

Ⓑ もちろん！
謀漆摟嗯
mo.chi.ro.n.
當然要！

會話 2

Ⓐ 嵐の　新曲、　もちろん　もう　聴いたよね？
阿啦吸 no　吸嗯克優哭　謀漆摟嗯　謀一　key 一他優內
a.ra.shi.no. shi.n.kyo.ku. mo.chi.ro.n. mo.u. ki.i.ta.yo.ne.
嵐的新歌，你一定已經聽過了吧？

Ⓑ えっ、出ていたんですか？
世　爹貼衣他嗯爹思咖
e. de.te.i.ta.n.de.su.ka.
咦？已經出了嗎？

ちょっと。
秋・偷
cho.tto.
有一點。

説　明

「ちょっと」是「有一點」、「稍微」的意思。用來表示程度輕微，例如「ちょっと分からない」即是「不太清楚」的意思；「ちょっといいですか」則是「是否可以佔用你一點時間」。除此之外，「ちょっと」常用於拒絕別人的邀請，如「ちょっと都合がわるいので、参加できません」即表示「因為有點不方便，所以不克參加」；或是「ちょっと用事があります」則是「我有點別的事」。通常會用較簡略的方式説「今日はちょっと…」來表示沒有空。

而「すみません、ちょっと…」則是拒絕或提醒對方不要進行某件事，比「だめです」來得委婉許多。

會話 1

Ⓐ 今日　一緒に　映画を　見に　行きませんか？
克優一　衣・休你　廿一嘎喔　咪你　衣 key 媽誰嗯咖
kyo.u. i.ssho.ni. e.i.ga.o. mi.ni. i.ki.ma.se.n.ka.
今天要不要一起去看電影？

Ⓑ すみません、今日は　ちょっと…。
思咪媽誰嗯　克優一哇　秋・偷
su.mi.ma.se.n. kyo.u.wa.cho.tto.
對不起，今天有點不方便。

會話 2

Ⓐ ね、一緒に　遊ぼうよ。

　　内　衣・休你　阿搜玻一優
　　ne. i.ssho.ni. a.so.bo.u.yo.
　　一起玩吧！

Ⓑ ごめん、今はちょっと、あとでいい？
　　狗妹嗯　衣媽哇秋・偷　阿偷爹衣一
　　go.me.n. i.ma.wa.cho.tto. a.to.de.i.i.
　　對不起，現在正忙，等一下好嗎？

相　關

↻ それは　ちょっと…。
　　搜勒哇　秋・偷
　　so.re.wa.cho.tto.
　　這有點……。

↻ ごめん、ちょっと…。
　　狗妹嗯　秋・偷
　　go.me.n. cho.tto.
　　對不起，有點不方便。

↻ ちょっと　分からない。
　　秋・偷　哇咖啦拿衣
　　cho.tto. wa.ka.ra.na.i.
　　有點不清楚。

ところで。

偷口捜爹
to.ko.ro.de.
對了。

説　明

和對方談論的話題到一個段論時，心中想要另外再討論別的事情時，就可以用「ところで」來轉移話題。例如「ところで、彼女は最近元気ですか」，此句的狀況即是本來在進行其他的話題，差不多已到一個段落，想要開啟新話題「彼女は最近元気ですか」(她最近好嗎)，此時就用「ところで」來表示前一話題結束，新話題的開始。

會話 1

Ⓐ こちらは　会議の　資料です。
口漆啦哇　咖衣個衣 no　吸溜一爹思
ko.chi.ra.wa. ka.i.gi.no. shi.ryo.u.de.su.
這是會議的資料。

Ⓑ はい、分かりました。ところで、山田会社の件、もうできましたか？
哈衣　哇咖哩媽吸他　偷口捜爹　呀媽搭嘎衣瞎 no 開嗯　謀一　爹 key 媽吸他咖
ha.i. wa.ka.ri.ma.shi.ta. to.ko.ro.de. ya.ma.da.ga. i.sha.no.ke.n. mo.u. de.ki.ma.shi.ta.ka.
好的。對了，山田公司的案子完成了嗎？

會話 2

Ⓐ ところで、鈴木くんに　相談が　ある。
偷口捜爹　思資 key 哭嗯你　搜一搭嗯嘎　阿嚕

to.ko.ro.de. su.zu.ki.ku.n.ni. so.u.da.n.ga. a.ru.
對了，我有事想和鈴木你說。

B はい、何ですか？
哈衣　拿嗯爹思咖
ha.i. na.n.de.su.ka.
什麼事情呢？

相　關

⮕ ところで、彼女は　最近　元気ですか？
偷口撸爹　咖 no 糾哇　撒衣 key 嗯　給嗯 key 爹思咖
to.ko.ro.de. ka.no.jo.wa. sa.i.ki.n. ge.n.ki.de.su.ka.
對了，最近她還好嗎？

⮕ ところで、鈴木くんに　相談が　ある。
偷口撸爹　思資 key 哭嗯你　搜一搭嗯嘎　阿嚕
to.ko.ro.de. su.zu.ki.ku.n.ni. so.u.da.n.ga. a.ru.
對了，我有事想和鈴木你說。

やはり。

呀哈哩
ya.ha.ri.
果然。

當事情的發生果然如同自己事先的預料時，就可以用「やはり」來
表示自己的判斷是正確的。口語也可說成「やっぱり」。

Ⓐ ワインも　よいですが、やはり　和食と　日本酒の
相性は　抜群ですよ。

哇衣嗯謀　優衣爹思嘎　呀哈哩　哇休哭偷　你吼嗯嘘
no　阿衣休一哇　巴此古嗯爹思優

wa.i.n.mo.　yo.i.de.su.ga.　ya.ha.ri.　wa.sho.ku.to.
ni.ho.n.shu.no.　a.i.sho.u.wa.　ba.tsu.gu.n.de.su.yo.

**配紅酒也不錯，但是日本料理果然還是要配上日本酒才更
相得益彰。**

Ⓑ そうですね。

搜一爹思內

so.u.de.su.ne.

就是說啊。

➲ 今でも　やはり　彼女の　ことが　好きだ。

衣媽爹謀　呀哈哩　咖no糾no　口偷嘎　思key搭

i.ma.de.mo.　ya.ha.ri.　ka.no.jo.no.　ko.to.ga.　su.ki.da.

即使到現在都還是喜歡她。

聞いて　みたが　やはり　分からない。
key 一貼　咪他嘎　呀哈哩　哇咖啦拿衣
ki.i.te. mi.ta.ga. ya.ha.ri. wa.ka.ra.na.i.
即使是問了，果然也還是不懂。

うわさは　やはり　デマだった。
烏哇撒哇　呀哈哩　爹媽搭・他
u.wa.sa.wa. ya.ha.ri. de.ma.da.tta.
傳聞果然只是謠言。

やはり　雨に　なった。
呀哈哩　阿妹你　拿・他
ya.ha.ri. a.me.ni. na.tta.
果然下雨了。

やはり　本当　だった。
呀哈哩　吼嗯偷一　搭・他
ya.ha.ri. ho.n.to.u. da.tta.
果然是真的。

やはり　言った　とおり　だろう。
呀哈哩　衣・他　偷一哩　搭摟一
ya.ha.ri. i.tta. to.o.ri. da.ro.u.
果然就像我講的吧。

分かった。
哇咖・他
wa.ka.tta.
我知道了。

説　明

「分かる」的過去式是「分かった」，禮貌的説法是「分かりました」。用來表示「明白了」、「了解」的意思。在接受別人的命令、請託或解説的時候，會説「はい、わかりました」，來表示「我了解了」。在口語中則是説「うん、分かった」。而「分かったよ」則是非正式用法，意為「我知道了啦」；另外還有「わかってるよ」則是「我已經知道了啦」、「早就知道了」的意思。

會話 1

Ⓐ 早く　行きなさい！
哈呀哭　　衣 key 拿撒衣
ha.ya.ku.　i.ki.na.sa.i.
快點出門！

Ⓑ 分かったよ！
哇咖・他優
wa.ka.tta.yo.
我知道了啦！

會話 2

Ⓐ もう　遅いから　早く　寝ろ。
謀一　歐搜衣咖啦　哈呀哭　內搜
mo.u.　o.so.i.ka.ra.　ha.ya.ku.　ne.ro.
已經很晚了，早點去睡！

Ⓑ もう　分かったよ。
謀一　哇咖・他優
mo.u.　　wa.ka.tta.yo.
我知道啦。

相　關

◯ もう、分かったよ。
謀一　哇咖・他優
mo.u.　wa.ka.tta.yo.
夠了，我知道了啦！

◯ はい、分かりました。
哈啦　哇咖哩媽吸他
ha.i.　wa.ka.ri.ma.shi.ta.
好的，我知道了。

◯ うん、分かった。
烏嗯　哇咖・他
u.n.　wa.ka.tta.
嗯，知道了。

気にしない。

key 你　吸拿衣
ki.ni.　shi.na.i.
不在意。

説　明

「気にする」是在意的意思，「気にしない」是其否定形，也就是不在意的意思。通常説「気にしない」是不在乎的意思，例如「誰も気にしない」(沒人在乎)、「私は気にしない」(我不在乎)。
而連説兩次「「気にしない、気にしない」也可以用於安慰別人，請別人不要在意，意為站在對方的立場，強調「我們不在意、我們不在意」。
若是一般會話中，遇到對方失落或是道歉時，要請對方不要介意、別放在心上，則是説「気にしないでください」或「気にしないで」。

會話 1

Ⓐ また　失敗　しちゃった。
　　媽他　吸・趴衣　吸掐・他
　　ma.ta.　shi.ppa.i.　shi.cha.tta.
　　又失敗了！

Ⓑ 気に　しない、気に　しない。
　　key 你　吸拿衣　key 你　吸拿衣
　　ki.ni.　shi.na.i.　ki.ni.　shi.na.i.
　　別在意，別在意。

會話 2

Ⓐ 返事が　遅れて　失礼しました。
　　嘿嗯基嘎　歐哭勒貼　吸此勒一吸媽吸他

he.n.ji.ga.　　o.ku.re.te.　　shi.tsu.re.i.shi.ma.shi.ta.
抱歉我太晚給你回音了。

Ⓑ 大丈夫です。気にしないで　ください。
搭衣糾一捕爹思　key 你吸拿衣爹　哭搭撒衣
da.i.jo.u.bu.de.su.　ki.ni.shi.na.i.de.　ku.da.sa.i.
沒關係，不用在意。

相 關

⮕ わたしは　気にしない。
哇他吸哇　key 你吸拿衣
wa.ta.shi.wa.　ki.ni.shi.na.i.
我不在意。／沒關係。

⮕ 誰も　気にしない。
搭勒謀　key 你吸拿衣
da.re.mo.　ki.ni.shi.na.i.
沒人注意到。

⮕ 気にしないで　ください。
key 你吸拿衣爹　哭搭撒衣
ki.ni.shi.na.i.de.　ku.da.sa.i.
請別介意。

だめ。
搭妹
da.me.
不行。

説　明

「だめ」是「不可以」、「不行」的意思。表示禁止，但是語調比「ち
ょっと…」更強烈，常用於家長警告小孩，或是同輩之類等非正式
的場合。由於語氣強烈，若是在正式場合或是對不熟的人突然說「だ
めです！」很容易顯得太強勢而嚇到別人。

此外，「だめ」也有「沒用了」、「不可行」的意思。形容一件事
情已經無力回天，再怎麼努力都是枉然的時候，如「もうだめだ」
即「已經不行了」、「だめになった」是「沒辦法了」、「不行了」
之意。

會話 1

Ⓐ ここに 座っても いい？
ロロ你　思哇・貼謀　衣一
ko.ko.no.　su.wa.tte.mo.i.i.
可以坐這裡嗎？

Ⓑ だめ！
搭妹
da.me.
不行！

會話 2

Ⓐ ちょっと 見せて くれ。
秋・偷　咪誰貼　哭勒

cho.tto.　　mi.se.te.　　ku.re.

借我看一下。

Ⓑ だめ！
搭妹
da.me.
不行！

相 關

➔ だめです！
搭妹爹思
da.me.de.su.
不可以。

➔ だめだ！
搭妹搭
da.me.da.
不准！

➔ だめ人間。
搭妹你嗯給嗯
da.me.ni.n.ge.n.
沒用的人。

任せて。
媽咖誰貼
ma.ka.se.te.
交給我。

被交付任務，或者是請對方安心把事情給自己的時候，可以用這句話來表示自己很有信心可以把事情做好。

會　話

Ⓐ 仕事を　お願い　しても　いいですか？
吸狗偷喔　歐內嘎衣　吸貼謀　衣一爹思咖
shi.go.to.o.　o.ne.ga.i.　shi.te.mo.　i.i.de.su.ka.
可以請你幫我做點工作嗎？

Ⓑ 任せて　ください。
媽咖誰貼　哭搭撒衣
ma.ka.se.te.　ku.da.sa.i.
交給我吧。

相　關

⟳ いいよ、任せて！
衣一優　媽咖誰貼
i.i.yo.　ma.ka.se.te.
好啊，交給我。

⟳ 運を　天に　任せて。
烏嗯喔　貼嗯你　媽咖誰貼
u.n.o.　te.n.ni.　ma.ka.se.te.
交給上天決定吧！

<ruby>頑張<rt>がんば</rt></ruby>って。

嘎嗯巴‧貼
ga.n.ba.tte.
加油。

為對方加油打氣，請對方加油的時候，可以用這句話來表示自己支持的心意。

會話1

Ⓐ <ruby>今日<rt>きょう</rt></ruby>から　<ruby>仕事<rt>しごと</rt></ruby>を　<ruby>頑張<rt>がんば</rt></ruby>ります。
克優一咖啦　吸狗偷喔　嘎嗯巴哩媽思
kyo.u.ka.ra.　shi.go.to.o.　ga.n.ba.ri.ma.su.
今天工作上也要加油！

Ⓑ うん、<ruby>頑張<rt>がんば</rt></ruby>って！
烏嗯　嘎嗯巴‧貼
u.n.　ga.n.ba.tte.
嗯，加油！

相　關

➲ <ruby>頑張<rt>がんば</rt></ruby>って　ください。
嘎嗯巴‧貼　哭搭撒衣
ga.n.ba.tte.　ku.da.sa.i.
請加油。

➲ <ruby>頑張<rt>がんば</rt></ruby>ってくれ！
嘎嗯巴‧貼哭勒
ga.n.ba.tte.ku.re.
給我加油點！

時間ですよ。
基咖嗯爹思優
ji.ka.n.de.su.yo.
時間到了。

説明

這句話是「已經到了約定的時間了」的意思。有提醒自己和提醒對方的意思，表示是時候該做某件事了。

會話

Ⓐ もう　時間ですよ。行こうか？
謀一　基咖嗯爹思優　衣ロー咖
mo.u.　ji.ka.n.de.su.yo.　i.ko.u.ka.
時間到了，走吧！

Ⓑ ちょっと待って。
秋・偷媽・貼
cho.tto.ma.tte.
等一下。

相關

つ もう　寝る時間　ですよ。
謀一　內嚕基咖嗯　爹思優
mo.u.　ne.ru.ji.ka.n.　de.su.yo.
睡覺時間到了。

つ もう　帰る時間　ですよ。
謀一　咖廿嚕基咖嗯　爹思優
mo.u.　ka.e.ru.ji.ka.n.　de.su.yo.
回家時間到了。

危ない！
あぶ

阿捕拿衣
ba.bu.na.i.
危險！／小心！

説　明

「危ない」是危險的意思。例如「～は危ないです」即是「～很危險」的意思。遇到危險的狀況，要提醒別人時，就會用「危ない！」來提醒對方注意。

「危ない」的過去式是「危なかった」，用來形容之前的情況很危險，由於已經是過去式，故引申為「剛剛真是好險」之意。若是差點出事或是差點把事情搞砸，但最後有驚無險時，就可以說「危なかった」來表示鬆了一口氣。

會　話

Ⓐ 危ないよ、近寄らないで。
阿捕拿衣優　漆咖優啦拿衣爹
a.bu.na.i.yo. chi.ka.yo.ra.na.i.de.
很危險，不要靠近。

Ⓑ 分かった。
哇咖・他
wa.ka.tta.
我知道了。

相　關

⊃ 不況で 会社が 危ない。
夫克優一爹　咖衣瞎嘎　阿捕拿衣

283

fu.kyo.u.de. ka.i.sha.ga. a.bu.na.i.
不景氣的關係，公司的狀況有點危險。

道路で 遊んでは 危ないよ。
兜一摟爹　阿搜嗯爹哇　阿捕拿衣優
do.ro.u.de. a.so.n.de.wa. a.bu.na.i.yo.
在路上玩很危險。

危ない ところを 助けられた。
阿捕拿衣　偷口摟喔　他思開啦勒他
a.bu.na.i. to.ko.ro.o. ta.su.ke.ra.re.ta.
在千鈞一髮之際得救了。

この 川で 泳ぐのは 危ないよ。
口 no 咖哇爹　歐優古 no 哇　阿捕拿衣優
ko.no.ka.wa.de. o.yo.gu.no.wa. a.bu.na.i.yo.
在這條河游泳很危險喔。

危ないぞ。
阿捕拿衣走
a.bu.na.i.zo.
很危險喔！

やめて。

呀妹貼
ya.me.te.
停止。

說　明

要對方停止再做一件事的時候，可以用這個字來制止對方。但是通常會用在平輩或晚輩身上，若是對尊長說的時候，則要說「勘弁してください」。

會　話

Ⓐ 変な虫を　見せてあげる。
黑嗯拿母吸喔　咪誰貼阿給嚕
he.n.na.mu.shi.o.　mi.se.te.a.ge.ru.
給你看隻怪蟲。

Ⓑ やめてよ。気持ち悪い。
呀妹貼唷　key 謀漆哇嚕衣
ya.me.te.yo.　ki.mo.chi.wa.ru.i..
不要這樣，很噁心耶！

相　關

⤴ やめてください。
呀妹貼哭搭撒衣
ya.me.te.ku.da.sa.i.
請停止。

⤴ まだ　やめてない？
媽搭　呀妹貼拿衣
ma.da.　ya.me.te.na.i.
還不放棄嗎？

考<ruby>かんが</ruby>えすぎないほうがいいよ。

咖嗯嘎世思個衣拿衣　吼一嘎衣一優
ka.n.ga.e.su.gi.na.i. ho.u.ga.i.i.yo.
別想太多比較好。

説明

「～ほうがいい」帶有勸告的意思，前方動詞通常是使用動詞過去式或是否定形，就像中文裡的「最好～」。要提出自己的意見提醒對方的時候，可以用這個句子。

會話 1

Ⓐ あまり 考<ruby>かんが</ruby>えすぎない ほうがいいよ。
　阿媽哩　咖嗯嘎世思個衣拿衣　吼一嘎衣一優
　a.ma.ri. ka.n.ga.e.su.gi.na.i. ho.u.ga.i.i.yo.
　不要想太多比較好。

Ⓑ うん、なんとか なるからね。
　烏嗯　拿嗯偷咖　拿嚕咖啦內
　u.n. na.n.to.ka. na.ru.ka.ra.ne.
　嗯，船到橋頭自然直嘛。

會話 2

Ⓐ 風邪<ruby>かぜ</ruby>ですね。家<ruby>いえ</ruby>で 休<ruby>やす</ruby>んだほうが いいです。
　咖賊爹思內　衣世爹　呀思嗯搭吼一嘎　衣一爹思
　ka.ze.de.su.ne. i.e.de.ya.su.n.da.ho.u.ga. i.i.de.su.
　你感冒了。最好在家休息。

Ⓑ はい、分<ruby>わ</ruby>かりました。
　哈衣　哇咖哩媽吸他

ha.i.　wa.ka.ri.ma.shi.ta.
好，我知道了。

相　關

⟳ 食べすぎない　ほうがいいよ。
他背思個衣拿衣　吼一嘎衣一優
ta.be.su.gi.na.i.　ho.u.ga.i.i.yo.
最好別吃太多。

⟳ 行かない　ほうがいいよ。
衣咖拿衣　吼一嘎衣一優
i.ka.na.i.　ho.u.ga.i.i.yo.
最好別去。

⟳ 言った　ほうがいいよ。
衣‧他　吼一嘎衣一優
i.tta.　ho.u.ga.i.i.yo.
最好說出來。

やってみない？

呀・貼咪拿衣
ya.tte.mi.na.i.
要不要試試？

説　明

建議對方要不要試試某件事情的時候，可以用這個句子來詢問對方
的意願。

會　話

A 大きい　仕事の　依頼が　来たんだ。やって　みない？
歐ー key ー　吸狗偷 no　衣啦衣嘎　key 他嗯搭　呀・貼
咪拿衣
o.o.ki.i.　shi.go.to.no.i.ra.i.ga.　ki.ta.n.da.　ya.tte.mi.na.i.
有件大工程，你要不要試試？

B はい、ぜひ　やらせて　ください。
哈衣　賊 he　呀啦誰貼　哭搭撒衣
ha.i.　ze.hi.　ya.ra.se.te.　ku.da.sa.i.
好的，請務必交給我。

相　關

➔ 食べて　みない？
他背貼　咪拿衣
ta.be.te.　mi.na.i.
要不要吃吃看？

➔ して　みない？
吸貼　咪拿衣
shi.te.　mi.na.i.
要不要試試？

落ち着いて。

歐漆此衣貼
o.chi.tsu.i.te.
冷靜下來。

「落ち着く」是沉著冷靜的意思，引申有「落腳」、「平息下來」的意思，如「田舎に落ち着いた」(在鄉下落腳)、「事件が落ち着いた」(事件已經平息下來)。

當對方心神不定，或是怒氣沖沖的時候，要請對方冷靜下來好好思考，可以說「落ち着いてください」。而小朋友坐立難安，跑跑跳跳時，也會聽到家長說「落ち着きなさい」。

會　話

Ⓐ もう、これ以上　我慢　できない！
謀一　口勒衣糾一　嘎媽嗯　爹 key 拿衣
mo.u.　ko.re.i.jo.u.　ga.ma.n.　de.ki.na.i.
我忍無可忍了！

Ⓑ 落ち着いてよ。怒っても　何も　解決しないよ。
歐漆此衣貼優　歐口・貼謀　拿你謀　咖衣開此吸拿衣優
o.chi.tsu.i.te.yo.　o.ko.tte.mo.　na.ni.mo.　ka.i.ke.tsu.shi.
na.i.yo.
冷靜點，生氣也不能解決問題啊！

相　關

➲ 落ち着いて　話してください。
歐漆此衣貼　哈拿吸貼哭搭撒衣
o.chi.tsu.i.te.　ha.na.shi.te.ku.da.sa.i.

冷靜下來慢慢說。

🔁 田舎に　落ち着いて　もう　五年に　なる。
衣拿咖你　歐漆此衣貼　謀一　狗內嗯你　拿嚕
i.na.ka.ni.　o.chi.tsu.i.te.　mo.u.　go.ne.n.ni.　na.ru.

在鄉下落腳已經五年了。

🔁 世の中が　落ち着いてきた。
優no拿咖嘎　歐漆此衣貼key他
yo.no.na.ka.ga.　o.chi.tsu.i.te.ki.ta.

社會安定下來了。

Chapter 08

身心狀態篇

気持ち悪い。

key 謀漆哇嚕衣
ki.mo.chi.wa.ru.i.
不舒服。／噁心。

説 明

「気持ち」是心情、感覺的意思，「気持ちがいい」是「很舒服」、「感覺很不錯」的意思，而「気持ちが悪い」則是「不舒服」、「感覺不太好」的意思。這句話可以用於形容生理和心理狀態，身心兩方面的不舒服都可以用。

會話 1

Ⓐ ケーキを 五つ食べた。ああ、気持ち悪い。
開ー key 喔　衣此此他背他　阿ー　key 謀漆哇嚕衣
ke.e.ki.o.　i.tsu.tsu.ta.be.ta.　ki.mo.chi.wa.ru.i.
我吃了五個蛋糕，覺得好不舒服喔！

Ⓑ 食べすぎだよ。
他背思個衣搭優
ta.be.su.gi.da.yo.
你吃太多了啦！

會話 2

Ⓐ どうしたの？
兜ー吸他 no
do.u.shi.ta.no.
怎麼了？

Ⓑ 船に 乗ったら 気持ちが 悪く なった。

夫內你　no・他啦　key 謀漆嘎　哇嗚哭　拿・他
fu.ne.ni.　no.tta.ra.　ki.mo.chi.ga.　wa.ru.ku.　na.tta.
坐上船之後就不太舒服。

相　關

→ 少し　気持ち悪いんです。
思口吸　key 謀漆哇嚕衣嗯爹思
su.ko.shi.　ki.mo.chi.wa.ru.i.n.de.su.
覺得有點噁心。

→ 気持ちが　いい。
key 謀漆　嘎　衣一
ki.mo.chi.ga.　i.i.
心情很好。

→ 気持ちのよい　朝ですね。
key 謀漆 no 優衣　阿撒爹思內
ki.mo.chi.no.yo.i.　a.sa.de.su.ne.
眞是個讓人心情很好的早晨。

調子はどうですか？

秋一吸哇　兜一爹思咖
cho.u.shi.wa.　do.u.de.su.ka.
狀況如何？

「調子」是情況、狀況的意思，在表達身體狀況，或是事情進行的情況時使用。後面加上形容詞，就可以表示狀態。而「調子に乗る」則是有「得意忘形」的意思。

會　話

Ⓐ 今日の　調子は　どうですか？
克優一 no　秋一吸哇　兜一爹思咖
kyo.u.no.　cho.u.shi.wa.　do.u.de.su.ka.
今天的狀況如何？

Ⓑ 上々です。絶対に　勝ちます。
糾一糾一爹思　賊・他衣你　咖漆媽思
jo.u.jo.u.de.su.　ze.tta.i.ni.　ka.chi.ma.su.
狀況很棒，絕對可以得到勝利！

相　關

➔ 車の　調子が　悪いです。
哭嚕媽 no　秋一吸嘎　哇嚕衣爹思
ku.ru.ma.no.　cho.u.shi.ga.　wa.ru.i.de.su.
車子的狀況怪怪的。

➔ 調子が　いいです。
秋一吸嘎　衣一爹思

cho.u.shi.ga. i.i.de.su.
状況很好。

山田選手は 最近 調子が 悪い みたいです。
呀媽搭誰嗯噓哇 撒衣 key 嗯 秋一吸嘎 哇嚕衣 咪他
衣爹思
ya.ma.da.se.n.shu.wa. sa.i.ki.n. cho.u.shi.ga. wa.ru.i.
mi.ta.i.de.su.
山田選手最近狀況好像不太好。

彼は 体の 調子が 大変 よい。
咖勒哇 咖啦搭 no 秋一吸嘎 他衣嘿嗯 優衣
ka.re.wa. ka.ra.da.no. cho.u.shi.ga. ta.i.he.n. yo.i.
他的身體很好。

調子よく 事が 運んで よかった。
秋一吸優哭 口偷嘎 哈口嗯爹 優咖‧他
cho.u.shi.yo.ku. ko.to.ga. ha.ko.n.de. yo.ka.tta.
事情進行得很順利眞是太好了。

やっと 調子が 出てきた。
呀‧偷 秋一吸嘎 爹貼 key 他
ya.tto. cho.u.shi.ga. de.te.ki.ta.
狀況終於變好了。

大丈夫。
搭衣糾一捕
da.i.jo.u.bu.
沒關係。／沒問題。

説 明

「大丈夫」是「沒問題」、「沒關係」的意思，可以用來形容身心狀況或是事物的情況進度等。要表示自己的狀況沒有問題，或是事情一切順利的時候，就可以用「大丈夫」來表示。
若是把語調提高，「大丈夫？」則是詢問對方「還好吧？」的意思，有禮貌的説法是「大丈夫ですか」。

會話 1

Ⓐ 顔色が 悪いです。大丈夫 ですか？
咖歐衣摟嘎 哇嚕衣爹思 搭衣糾一捕 爹思咖
ka.o.i.ro.ga. wa.ru.i.de.su. da.i.jo.u.bu. de.su.ka.
你的氣色不太好，還好嗎？

Ⓑ ええ、大丈夫です。ありがとう。
せー 搭衣糾一捕爹思 阿哩嘎偷一
e.e. da.i.jo.u.bu.de.su. a.ri.ga.to.u.
嗯，我很好，謝謝關心。

會話 2

Ⓐ 一人で 持つのは 大丈夫？
he 偷哩爹 謀此no哇 搭衣糾一捕
hi.to.ri.de. mo.tsu.no.wa. da.jo.u.bu.
你一個人拿沒問題嗎？

B これぐらい　まだ余裕だ。

口勒古啦衣　媽搭優瘵一搭
ko.re.gu.ra.i.　ma.da.yo.yu.u.da.
這點東西太容易了。

相　關

⮕ きっと　大丈夫。

key・偷　搭衣糾一捕
ki.tto.　da.i.jo.u.bu.
一定沒問題的。

⮕ 大丈夫だよ。

搭衣糾一捕搭優
da.i.jo.u.bu.da.yo.
沒關係。／沒問題的。

⮕ 大丈夫？

搭衣糾一捕
da.i.jo.u.bu.
還好吧？

びっくり。
逼・哭哩
bi.kku.ri.
嚇一跳。

説　明

這個字是「嚇一跳」的意思。被人、事、物嚇了一跳時，可以説「びっくりした」來表示內心的驚訝。

會　話

Ⓐ サプライズ！お誕生日　おめでとう！
撒撲啦衣資　　歐他嗯糾一逼　歐妹爹偷一
sa.pu.ra.i.zu.　o.ta.n.jo.u.bi.　o.me.de.to.u.
大驚喜！生日快樂！

Ⓑ わ、びっくりした。ありがとう。
哇　逼・哭哩吸他　阿哩嘎偷一
wa.　bi.kku.ri.shi.ta.　a.ri.ga.to.u.
哇，嚇我一跳。謝謝你。

相　關

⇒ びっくりしました。
逼・哭哩吸媽吸他
bi.ku.ri.shi.ma.shi.ta.
嚇了我一跳。

⇒ びっくり　させないでよ。
逼・哭哩　撒誰拿衣爹優
bi.kku.ri.　sa.se.na.i.de.yo.
別嚇我。

感動しました。
咖嗯兜一吸媽吸他
ka.n.do.u.shi.ma.shi.ta.
感動。

「感動」(かんどう)和中文的「感動」一樣,用法也一致,念法也相近。而動詞則是「感動します」,通常會用過去式「感動しました」。受到感動則可以説「感動を受けました」。

會話 1

Ⓐ いい 映画ですね。
衣一 廿一嘎爹思內
i.i. e.i.ga.de.su.ne.
眞是一部好電影呢!

Ⓑ そうですね。最後の シーンに 感動しました。
搜一爹思內 撒衣狗 no 吸一嗯你 咖嗯兜一吸媽吸他
so.u.de.su.ne. sa.i.go.no. shi.i.n.ni. ka.n.do.u.shi.ma.shi.ta.
對啊,最後一幕眞是令人感動。

會話 2

Ⓐ この曲、泣けますね。
口 no 克優哭 拿開媽思內
ko.no.kyo.ku. na.ke.ma.su.ne.
這首歌好感人喔。

Ⓑ そうですね。歌詞に 感動 しました。
搜一爹思內 咖吸你 咖嗯偷一 吸媽吸他

so.u.de.su.ne. ka.shi.ni. ka.n.do.u. shi.ma.shi.ta.
對啊。歌詞很讓人感動。

○ 彼は 感動しやすい 人だね。
咖勒哇　咖嗯兜一吸呀思衣　　　he 偷搭內
ka.re.wa. ka.n.do.u.shi.ya.su.i. hi.to.da.ne.
他很容易受感動。

○ 深い 感動を 受けた。
夫咖衣咖嗯兜一喔　　　烏開他
fu.ka.i. ka.n.do.u.o. u.ke.ta.
受到深深感動。

用事がある。
優一基嘎阿嚕
yo.u.ji.ga.a.ru.
有事。

説 明

受到了邀請的時候，若是想要拒絕，不必直接説「行きたくない」而用「用事がある」這類比較委婉的方式拒絶對方。此處可以搭配前面學過的「ちょっと」，説「ちょっと用事があるんだ」或是「ちょっと用事があるのですが」，表示「我有點事，沒辦法答應」。

會 話

Ⓐ 用事が あるから、先に 帰るわ。
優一基嘎　阿魯咖啦　撒 key 你　咖世嚕哇
yo.u.ji.ga.　a.ru.ka.ra.　sa.ki.ni.　ka.e.ru.wa.
我還有事，先走了。

Ⓑ うん、お疲れ。
烏嗯　歐此咖勒
u.n.　o.tsu.ka.re.
好的，辛苦了。

相 關

➲ ちょっと 用事が ある。
秋・偷　優一基嘎　阿嚕
cho.tto.　yo.u.ji.ga.　a.ru.
有點事。

➲ 急な 用事が できたので 帰らなくては ならなくなった。

克瘸一拿　優一基嘎　爹 key 他 no 爹　咖せ啦拿哭貼哇
拿啦拿哭拿・他
kyu.u.na. yo.u.ji.ga. de.ki.ta.no.de. ka.e.ra.na.ku.
te.wa. na.ra.na.ku.na.tta.

突然有急事，不回去不行。

今日は　別に　用事が　ない。

克優一哇　背此你　優一基嘎　拿衣
kyo.u.wa. be.tsu.ni. yo.u.ji.ga. na.i.

今天沒什麼重要的事。

もう　一つ　用事が　あるので　失礼　いたします。

謀一　he 偷此　優一基嘎　阿嚕 no 爹　吸此勒一　衣他吸
媽思
mo.u. hi.to.tsu. yo.u.ji.ga. a.ru.no.de. shi.tsu.re.i.
i.ta.shi.ma.su.

我還有件事要辦，先走一步。

用事が　あるのだが。

優一基嘎　阿嚕 no 搭嘎
yo.u.ji.ga. a.ru.no.da.ga.

我有事想找你談。

自信がない。
基吸嗯嘎拿衣
ji.shi.n.ga.na.i.na.a.
沒信心。

説　明

「自信」是表示對一件事情有沒有把握，後面有「ある」「ない」來表示信心的有無。「自信がある」就是「有信心」；「自信がない」是「沒信心」。
而「自信を持つ」也是有信心的意思，是「帶著自信」的意思。要對方拿出自信，則是説「自信を持ってください」。

會　話

Ⓐ 本当に　運転できる？
　　吼嗯偷一你　烏嗯貼嗯爹 key 嚕
　　ho.n.to.u.ni.　u.n.te.n.de.ki.ru.
　　你真的會開車嗎？

Ⓑ 自信ないなあ。
　　基吸嗯拿衣拿一
　　ji.shi.n.na.i.na.a.
　　我也沒什麼把握。

相　關

⊃ 自信満々だ。
　　基吸嗯媽嗯媽嗯搭
　　ji.shi.n.ma.n.ma.n.da.
　　有十足的信心。

○ 日本語を　読むには　なんとかなるが、会話は　自信が
ない。

你吼嗯狗喔　優母你哇　拿嗯偷咖拿嚕嘎　咖衣哇哇　基
吸嗯嘎　拿衣

ni.ho.n.go.o.　yo.mu.ni.wa.　na.n.to.ka.na.ru.ga.
ka.i.wa.wa.　ji.shi.n.ga.na.i.

如果是看日文的話應該沒問題，但是會話我就沒把握了。

○ 当店が　自信を　持って　お勧め　します。

偷一貼嗯嘎　基吸嗯喔　謀・貼　歐思思妹　吸媽思

to.u.te.n.ga.　ji.shi.n.o.　mo.tte.　o.su.su.me.　shi.ma.su.

這是本店自信的推薦商品。

心配する。

吸嗯趴衣思嚕
shi.n.pa.i.su.ru.
擔心。

説　明

「心配」是擔心的意思，動詞是「心配する」。表示擔心或是不放心的時候，可以用「心配です」、「心配します」。而要請對方不要擔心，則是説「心配しないでください」。

會話 1

Ⓐ 体の　調子は　大丈夫ですか？
咖啦搭 no　秋一吸哇　搭衣糾一捕爹思咖
ka.ra.da.no.　cho.u.shi.wa.　da.i.jo.u.bu.　de.su.ka.
身體還好嗎？

Ⓑ 心配しないで。もう　だいぶ　よく　なりました。
吸嗯趴衣吸拿衣爹　謀一　搭衣捕　優哭　拿哩媽吸他
shi.n.pa.i.shi.na.i.de.　mo.u.da.i.bu.　yo.ku.　na.ri.ma.shi.ta.
別擔心，已經好多了。

會話 2

Ⓐ 面接が　うまく　いくだろうね。
妹嗯誰此嘎　烏媽哭　衣哭搭摟一內
me.n.se.tu.ga.　u.ma.ku.　i.ku.da.ro.u.ne.
面試不知道能不能順利。

Ⓑ 私も　心配で　胸が　どきどき　する。
哇他吸謀　吸嗯趴衣爹　母內嘎　兜 key 兜 key　思嚕

wa.ta.shi.mo. shi.n.pa.i.de. mu.ne.ga. do.ki.do.ki.
su.ru.

我也因為很擔心所以十分緊張。

相 關

⇒ 子供の 将来を 心配する。

口偷謀 no 休一啦衣喔 吸嗯趴衣思嚕

ko.do.mo.no. sho.u.ra.i.o. shi.n.pa.i.su.ru.

擔心孩子的未來。

⇒ 今日は 雨の 心配は ありません。

克優一哇 阿妹 no 吸嗯趴衣哇 阿哩媽誰嗯

kyo.u.wa. a.me.no. shi.n.pa.i.wa. a.ri.ma.se.n.

今天不用擔心會下雨。

気分はどう？

key 捕嗯哇兜一
ki.bu.n.wa.do.u.
感覺怎麼樣？

「気分」可以指感覺、心情，也可以指身體的狀態，另外也可以來表示周遭的氣氛。「気分はどうですか」即是問對方感覺怎麼樣。「気分転換」則是「轉換心情」的意思。

會　話

Ⓐ 気分は　どう？
key 捕嗯哇　兜一
ki.bu.n.wa.　do.u.
感覺怎麼樣？

Ⓑ うん、さっきよりは　よくなった。
烏嗯　撒・key 優哩哇　優哭拿・他
u.n.　sa.ki.yo.ri.wa.　yo.ku.na.tta.
嗯，比剛剛好多了。

相　關

⮕ 気分が　穏やかに　なる。
key 捕嗯嘎　歐搭呀咖你　拿嚕
ki.bu.n.ga.　o.da.ya.ka.ni.　na.ru.
氣氛變得很祥和。

⮕ 今日は　ご気分は　いかがですか？
克優一哇　狗 key 捕嗯哇　衣咖嘎爹思咖

kyo.u.wa. go.ki.bu.n.wa. i.ka.ga.de.su.ka.
您今天的身體狀況如何？

映画を 見る 気分に ならない。
廿一嘎喔 咪嚕 key 捕嗯你 拿啦拿衣
e.i.ga.o. mi.ru. ki.bu.n.ni. na.ra.na.i.
沒心情去看電影。

気分転換に 映画でも どう？
key 捕嗯貼嗯咖嗯你 廿一嘎爹謀 兜一
ki.bu.n.te.n.ka.n.ni. e.i.ga.de.mo.do.u.
爲了轉換心情，我們去看電影吧？

かっこういい。

咖・ロー衣ー
ka.kko.u.i.i.
帥。/酷。/有個性。/棒。

説　明

「かっこう」可以指外型、動作，也可以指人的性格、個性。無論是形容外在還是內在，都可以用這個詞來説明。也可説「かっこいい」。

會　話

Ⓐ 見て、最近　買った　時計。
咪貼　撒衣 key 嗯　咖・他　偷開ー
mi.te. sa.i.ki.n. ka.tta. to.ke.i.
你看！我最近買的手錶。

Ⓑ かっこういい！
咖・ロー衣ー
ka.kko.u.i.i.
好酷喔！

相　關

⤴ かっこう悪い。
咖・ロー哇嚕衣
ka.kko.u.wa.ru.i.
眞遜。

⤴ 変な　かっこうで　歩く。
嘿嗯拿　咖・ロー爹　阿嚕哭
he.n.na. ka.kko.u.de. a.ru.ku.
用奇怪的姿勢走路。/穿得很奇怪走在路上。

迷っている。

媽優・貼衣嚕
ma.yo.tte.i.ru.
很猶豫。／迷路。

「迷っている」是迷路的意思，另外抽象的意思則有迷惘的意思，也就是對於要選擇什麼感到很猶豫。

會 話

Ⓐ 何を 食べたい ですか？
拿你喔　他背他衣　爹思咖
na.ni.o.　ta.be.ta.i.　de.su.ka.
你想吃什麼。

Ⓑ うん、迷っているんですよ。
烏嗯　媽優・貼 衣嚕嗯爹思優
u.n.　ma.yo.tte. i.ru.n.de.su.yo.
嗯，我正在猶豫。

相 關

➜ どれを 買おうか 迷って いるんです。
兜勒喔　咖歐一咖　媽優・貼　衣嚕嗯爹思
do.re.o.　ka.o.u.ka.　ma.yo.tte.　i.ru.n.de.su.
不知道該買哪個。

➜ 道に 迷って しまった。
咪漆你　媽優・貼　吸媽・他
mi.chi.ni.　ma.yo.tte.　shi.ma.tta.
迷路了。

のどが痛い。
no 兜嘎　衣他衣
no.do.ga. i.ta.i.
喉嚨好痛。

説 明

覺得很痛的時候，可以用痛い這個字，表達自己的感覺。除了實際的痛之外，心痛（胸が痛い）、痛腳（痛いところ）、感到頭痛（頭が痛い），也都是用這個字來表示。

會 話

ⓐ どうしたの？
兜一吸他 no
do.u.shi.ta.no.
怎麼了？

ⓑ のどが　痛い。
no 兜嘎　衣他衣
no.do.ga. i.ta.i.
喉嚨好痛。

相 關

⮕ おなかが　痛い。
歐拿咖嘎　衣他衣
o.na.ka.ga. i.ta.i.
肚子痛。

⮕ 目が　痛いです。
妹嘎　衣他衣爹思
me.ga. i.ta.i.de.su.
眼睛痛。

悔しい！

くや

哭呀吸ー
ku.ya.shi.i.
眞是不甘心！

遇到了難以挽回的事情，要表示懊悔的心情，就用「悔しい」來表示。

會話 1

Ⓐ あいつに 負けて しまって、悔しい！
阿衣此你　媽開貼　吸媽・貼　哭呀吸ー
a.i.tsu.ni.　ma.ke.te.shi.ma.tte.　ku.ya.shi.i.
輸給那傢伙眞是不甘心！

Ⓑ 気に しないで、よく やったよ！
key你　吸拿衣爹　優哭　呀・他優
ki.ni.　shi.na.i.de.　yo.ku.　ya.tta.yo.
別在意，你已經做得很好了！

會話 2

Ⓐ はい、武志の 負け。
哈衣　他開吸no　媽開
ha.i.　ta.ke.shi.no.　ma.ke.
好，武志你輸了。

Ⓑ わあ、悔しい！
阿ー　哭呀吸ー
wa.a.　ku.ya.shi.i.
哇，好不甘心喔。

相 關

→ 悔しいです。
哭呀吸一爹思
ku.ya.shi.i.de.su.
眞不甘心！

→ 情けない。
拿撒開拿衣
na.sa.ke.na.i.
好丟臉。

→ 残念です。
紮嗯內嗯爹思
za.n.ne.n.de.su.
太可惜了。

→ 惜しい。
歐吸一
o.shi.i.
可惜！

楽_{たの}しかった。

他 no 吸咖・他
ta.no.shi.ka.tta.
很開心。

「楽しかった」是用來表示愉快的經驗。這個字是「楽しい」的過去式，也就是經歷了一件很歡樂的事或過了很愉快的一天後，會用這個字來向對方表示自己覺得很開心。

會話 1

Ⓐ 北海道_{ほっかいどう}は　どうでしたか？
吼・咖衣兜一哇　兜一爹吸他咖
ho.kka.i.do.u.wa.　do.de.shi.ta.ka.
北海道的旅行怎麼樣呢？

Ⓑ 景色_{けしき}も　きれいだし、食_たべ物_{もの}も　おいしいし、楽_{たの}しかったです。
開吸 key 謀　key 勒一搭吸　他背謀 no 謀　歐衣吸一吸他 no 吸咖・他爹思
ke.shi.ki.mo.　ki.re.i.da.shi.　ta.be.mo.no.mo.　o.i.shi.i.si　ta.no.shi.ka.tta.de.su.
風景很漂亮，食物也很好吃，玩得很開心。

Ⓐ そうですか？うらやましいです。
搜一爹思咖　烏啦呀媽吸一爹思
so.u.de.su.ka.　u.ra.ya.ma.shi.i.de.su.
是嗎，眞是令人羨慕呢！

Ⓐ 今日は　楽しかった。
克優一哇　他 no 吸咖・他
kyo.u.wa.　ta.no.shi.ka.tta.
今天真是開心。

Ⓑ うん、また　一緒に　遊ぼうね。
烏嗯　媽他　衣・休你　阿搜玻一內
u.n.　ma.ta.　i.ssho.ni.　a.so.bo.u.ne.
是啊，下次再一起玩吧！

↪ とても　楽しかったです。
偷貼謀　他 no 吸咖・他爹思
to.te.mo.　ta.no.shi.ka.tta.de.su.
覺得十分開心。

↪ 今日も　一日　楽しかった。
克優一謀　衣漆你漆　他 no 吸咖・他
kyo.u.mo.　i.chi.ni.chi.　ta.no.shi.ka.tta.
今天也很開心。

恥ずかしい。

哈資咖吸一
ha.zu.ka.shi.i.
真丟臉！

説 明

做出丟臉的事情時，用來表示害羞難為情之意。

會 話

Ⓐ あれ、どうして　パジャマを　着てる？

阿勒　兜一吸貼　趴加媽喔　key 貼嚕
a.re. do.u.shi.te. pa.ja.ma.o. ki.te.ru.

欸，你為什麼穿著睡衣？

Ⓑ あっ、恥ずかしい！

阿　哈資咖吸一
a. ha.zu.ka.shi.i.

啊！好丟臉啊！

相 關

➔ 情けない。

拿撒開拿衣
na.sa.ke.na.i.

真難為情／真可悲。

➔ 赤面の　至りだ。

阿咖妹嗯 no　衣他哩搭
se.ki.me.n.no. i.ta.ri.

真讓人臉紅。

➔ 合わせる　顔が　ない。

阿哇誰嚕　咖歐嘎　拿衣
a.wa.se.ru. ka.o.ga. na.i.

沒臉見人。

してみたい。

吸貼咪他衣
shi.te. mi.ta.i.
想試試。

説　明

「～てみたい」是「想試試～」之意。「してみたい」意即「想做做看」、「想試試看」的意思。也可以説「やってみたい」。前面通常會接動名詞，例如「旅行」、「参加」、「体験」。
「～てみたい」也可以用其他動詞，如「行ってみたい」(想去看看)、「食べてみたい」(想吃看看)。

會　話

Ⓐ 一人旅を　して　みたいなあ。
　　he 偷哩他逼喔　吸貼　咪他衣拿ー
　　hi.to.ri.ta.bi.o. shi.te. mi.ta.i.na.a.
　　想試試看一個人旅行。

Ⓑ わたしも。
　　哇他吸謀
　　wa.ta.shi.mo.
　　我也是。

相　關

⤴ やって　みたいです。
　　呀・貼　咪他衣爹思
　　ya.tte. mi.ta.i.
　　想試試。

⟳ 参加して みたい。

撒嗯咖　吸貼　咪他衣

sa.n.ka.shi.te.　mi.ta.i.

想參加看看。

⟳ 体験して みたいです。

他衣開嗯吸貼　咪他衣爹思

ta.i.ke.n.shi.te.　mi.ta.i.de.su.

想體驗看看。

Chapter 09

成語俚語篇

我的 菜 日文 生活會話篇 JAPANESE

朝飯前。
あさめしまえ

阿撒妹吸媽せ
a.sa.me.shi.ma.e.
輕而易舉。

説 明

在吃早餐之前的時間就可以完成的事情，表示事情非常的簡單，不費吹灰之力就可以完成了。

會 話

Ⓐ すごい。えみちゃん　上手だね。
じょうず
　思狗衣　　せ咪掐嗯　　糾一資搭內
　su.go.i.　e.mi.cha.n.　jo.u.zu.da.ne.
　眞厲害。惠美你眞棒。

Ⓑ ほんの　朝飯前よ。
　　　　　あさめしまえ
　吼嗯 no　阿撒妹吸媽せ優
　ho.n.no.　a.sa.me.shi.ma.e.yo.
　輕而易舉，小事一樁。

足を引っ張る

阿吸喔　he・趴嚕
a.shi.o.　hi.ppa.ru.
扯後腿

説　明

妨礙別人做事、當大家都在做一件事時，只有自己一個人做不好，造成大家的困擾時，就可以用這句話。

會　話

Ⓐ 今日の　朝から　サッカーを　練習する。
克優ー no　阿撒咖啦　撒・咖ー喔　勒嗯噓ー思嚕
kyo.u.no.　a.sa.ka.ra.　sa.kka.a.o.　re.n.shu.u.su.ru.
今天早上開始要練習足球。

Ⓑ はあ、みんなの　足を　引っ張ったら　どうしよう…。
哈ー　咪嗯拿 no　阿吸喔　he・趴・他啦　兜ー吸優ー
ha.a.　mi.n.na.no.　a.shi.o.　hi.ppa.tta.ra.　do.u.shi.yo.u.
唉，希望我不會扯班上同學的後腿。

Ⓐ 心配しないで。きっと　大丈夫だよ。
吸嗯趴衣吸拿衣爹　key・偷　搭衣糾ー捕搭優
shi.n.pa.i.shi.na.i.de.　ki.tto.　da.i.jo.u.bu.da.yo.
別擔心，一定沒問題的。

油を売る。

阿捕啦喔　烏嚕
a.bu.ra. o. u.ru.
偷懶。

あぶら　う

説　明

在古代，去買燈油時，因為把油移到容器十分花時間，所以賣油的
人常常會和客人聊天打發時間，所以就用這句話來表示和人閒聊度
過時間。現在則多半是用在形容人在往目的地的路上繞到別的地方
去，或是偷懶。

會　話

Ⓐ さゆり　まだ　帰って　こないなあ。
　撒瘳哩　媽搭　咖世‧貼　口拿衣拿一
　sa.yu.ri. ma.da. ka.e.tte. ko.na.i.na.a.
　小百合還沒回來嗎？

Ⓑ どこかで　寄り道　しているんでしょう。
　兜口咖爹　優哩咪漆　吸貼衣魯嗯爹休一
　do.ko.ka.de. yo.ri.mi.chi. shi.te.i.ru.n. de.sho.u.
　可能順道繞到別的地方去了吧。

Ⓒ ただいま。
　他搭衣媽
　ta.da.i.ma.
　我回來了。

Ⓐ もう。どこで　油を売っていたの！
　謀一　兜口爹　阿捕啦喔　烏‧貼衣他no
　mo.u. do.ko.de. a.bu.ra.o. u.tte.i.ta.no.
　眞是的，你跑到哪裡去閒晃了！

一か八か。

衣漆咖　巴漆咖
i.chi.ka. ba.chi.ka.
交給上天決定。／一翻兩瞪眼。

説明

不知道結果如何,把事情交給命運,放手去做。

會話

Ⓐ 一回勝負だ!
　　衣・咖衣休一捕搭
　　i.kka.i.sho.u.bu.da.
　　一次定勝負!

Ⓑ うん、一か 八か 勝負だ。
　　烏嗯　衣漆咖　巴漆咖　休一捕搭
　　u.n. i.chi.ka. ba.chi.ka. sho.u.bu.da.
　　嗯嗯,讓老天決定吧!

ⒶⒷ じゃんけんぽん!
　　加嗯開嗯剖
　　ja.n.ke.n.po.n.
　　剪刀石頭布。

Ⓐ やった!僕の勝ち。
　　呀・他　玻哭 no 咖漆
　　ya.tta. bo.ku.no.ka.chi.
　　耶!我贏了!

上の空。

烏哇 no 搜啦
u.wa.no.so.ra.
心不在焉。

説明

被其他的事情吸引住，完全無法集中的樣子。

會話

Ⓐ ねえ、愛子。聴いてる？
內一　阿衣口　key 一貼嚕
ne.e.　a.i.ko.　ki.i.te.ru.
喂，愛子，你在聽嗎？

Ⓑ え、何？
世　拿你
e.　na.ni.
咦，什麼？

Ⓐ 今日の　愛子　何を　言っても　上の空だよ！
克優一 no　阿衣口　拿你喔　衣・貼謀　烏哇 no 搜啦搭優
kyo.u.no.　a.i.ko.　na.ni.o.　i.tte.mo.　u.wa.no.so.ra.da.yo.
今天我跟你說什麼，你都好像心不在焉！

気が気でない。

key 嘎 key 爹拿衣
ki.ga.ki.de.na.i.
擔心得坐立難安。

説 明

非常擔心，而顯得坐立難安時，可以用這句話來形容。

會 話

Ⓐ 怪我を　したらしい　と聞かされ、授業中も　気が
気でなかった。大丈夫？

開嘎喔　吸他啦吸一　　偷 key 咖撒勒　　居哥優一去一
謀　key 嘎　key 爹拿咖・他　搭衣糾捕
ke.ga.o.　shi.ta.ra.shi.i.　to.ki.ka.sa.re.　ju.gyo.u.chu.
u.mo.　ki.ga.　ki.de.na.ka.tta.　da.i.jo.u.bu.

聽說你受傷了，讓我上課也無法專心，你沒事吧？

Ⓑ うん、もう　大丈夫だ。ありがとうね。

烏嗯　謀一　搭衣糾一捕搭　阿哩嘎偷一內
u.n.　mo.u.　da.i.jo.u.bu.da.　a.ri.ga.to.u.ne.

嗯，已經沒事了，謝謝。

口が軽い。

哭漆嘎咖嚕衣
ku.chi.ga.ka.ru.i.
大嘴巴。

説明

隨便就把別人的祕密説出去，嘴巴一點都不牢靠，可以用「口が軽い」來形容。相反詞是「口が堅い」，用來形容口風很緊，不會隨便把祕密説出去。另外還有「口が重い」，是表示話很少，不太開口或難以啟齒的樣子。

會話

Ⓐ あなた、ひどいよ。
阿拿他　he 兜衣優
a.na.ta. hi.do.i.yo.
你很過分耶！

Ⓑ 何？
拿你
na.ni.
怎麼了嗎？

Ⓐ あれだけ 強く 言ったのに、私の 秘密を みんなの 前で 話してたんでしょう。あなた 本当 口が 軽すぎるよ。
阿勒搭開　此優哭　衣・他 no 你　哇他吸 no　he 咪此喔　咪嗯拿 no　媽世爹　哈拿吸貼他嗯爹休一　阿拿他　吼嗯偷一　哭漆嘎　咖嚕思個衣嚕優
a.re.da.ke. tsu.yo.ku. i.tta.no.ni. wa.ta.shi.no. hi.mi.tsu.o. mi.n.na.no. ma.e.de. ha.na.shi.te.ta.n. de.sho.u. a.na.ta. ho.n.to.u. ku.chi.ga. ka.ru.su.gi.

ru.yo.

我明明就特別叮嚀過，你還是把我的祕密告訴大家了。你真是個大嘴巴。

Ⓑ ごめん。
狗妹嗯
go.me.n.
對不起。

相 關

⊃ 口が 堅い。
哭漆嘎　咖他衣
ku.chi.ga.　　ka.ta.i.
口風很緊。

⊃ 口が 重い。
哭漆嘎　歐謀衣
ku.chi.ga.　　o.mo.i.
話很少。

⊃ 口が 悪い。
哭漆嘎　哇嚕衣
ku.chi.ga.　　wa.ru.i.
嘴很壞。

台無しにする。

搭衣拿吸你思嚕

da.i.na.shi.ni.su.ru.

斷送了。／糟蹋了。

「台無し」比喻事物完全沒有希望了，前功盡棄。

會　話

Ⓐ 今日は　道で　転んじゃった。新しい　ワンピースが
台無し…。

克優一哇　咪漆爹　口摟嗯加・他　阿他啦吸一　哇嗯
披一思嘎　搭衣拿吸

kyo.u.wa. mi.chi.de. ko.ro.n.ja.tta. a.ta.ra.shi.i.
wa.n.pi.i.su.ga. da.i.na.shi.

今天在路上跌倒，新買的連身裙都毀了。

Ⓑ 大丈夫よ、洗えば　落ちるわ。

搭衣糾一捕優　阿啦世巴　歐漆嚕哇

da.i.jo.u.bu.yo. a.ra.e.ba. o.chi.ru.wa.

沒關係，洗一洗就乾淨了。

Ⓐ でも　ペンキ　つけちゃったよ。

爹謀　呸嗯 key　此開搢・他優

de.mo. pe.n.ki. tsu.ke.cha.tta.yo.

可是沾到油漆了。

Ⓑ えっ、それは　台無しに　なった。

世　搜勒哇　搭衣拿吸你　拿・他

e. so.re.wa. da.i.na.shi. ni.na.tta.

什麼？那就沒辦法了。

棚に上げる。

他拿你阿給嚕
ta.na.ni. a.ge.ru.
避重就輕。

説 明

「棚に上げる」原意是把東西抬到架子上面，比喻把自己的缺點或過失放在架子上略而不提，卻指責別人的不是。有避重就輕、避而不談的意思。例如「問題を棚に上げる」(將問題略而不談)、「自分のことを棚に上げる」(不提對自己不利的事)。

會 話

Ⓐ もう 十時だ。早く 寝ろ。
謀一 居一基搭 哈呀哭 內搜
mo.u. ju.u.ji.da. ha.ya.ku. ne.ro.
已經十點了，快點去睡。

Ⓑ もう ちょっとね、終わったら すぐ寝る。
謀一 秋・偷內 歐哇・他啦 思古內嚕
mo.u. cho.tto.ne. o.wa.tta.ra. su.gu.ne.ru.
再一下下，等結束了我就去睡。

Ⓐ 早く！
哈呀哭
ha.ya.ku.
快一點！

Ⓑ うるさいなあ、お兄ちゃんは、自分の ことは 棚に上げて 早く 早くって。私が 寝た後、遅くまでテレビを 見てる くせに。

烏嚕撒衣拿ー　　歐你ー捣嗯哇　　基捕嗯no　口偷哇
他拿你　　阿給貼　哈呀哭　　哈呀哭‧貼　哇他吸嘎
內他阿偷　　歐搜哭媽爹　貼勒逼喔　咪貼嚕　哭誰你
u.ru.sa.i.na.a.　o.ni.i.cha.n.wa.　ji.bu.n.no.　ko.to.wa.
ta.na.ni.　a.ge.te.　ha.ya.ku.　ha.ya.ku.tte.　wa.ta.shi.
ga.　ne.ta.a.to.　o.so.ku.ma.de.　te.re.bi.o.　mi.te.ru.
ku.se.ni.

**眞囉嗦！哥哥你也不管管自己，還叫我快一點。明明我睡
了之後，你自己都看電視到很晚。**

手<small>て</small>を抜<small>ぬ</small>く。
貼喔奴哭
te.nu.ku.
偷懶。

説　明

省略非做不可的步驟,隨便做做。

會　話

Ⓐ まだ　できないの？ちょっとは　手を　抜けば？
　　媽搭　　爹key拿衣no　　秋‧偷哇　貼喔　奴開巴
　　ma.da.　de.ki.na.i.no.　cho.tto.wa.　te.o.　nu.ke.ba.
　　還沒好嗎?要不要稍微偷懶一點省些步驟。

Ⓑ いやだ。
　　衣呀搭
　　i.ya.da.
　　不要。

猫の手も借りたい。

內口 no　貼謀　咖哩他衣
ne.ko.no.　te.mo.　ka.ri.ta.i.
忙得不得了。

説　明

忙到想要向家中的貓借手，比喻十分的忙碌人手不足。

會　話

Ⓐ 今日も 忙しかった？
克優一謀　衣搜嘎吸咖・他
kyo.u.mo.　i.so.ga.shi.ka.tta.
今天也很忙嗎？

Ⓑ うん、猫の 手も 借りたい ほど。
鳥嗯　內口 no　貼謀　咖哩他衣　吼兜
u.n.　ne.ko.no.te.mo.　ka.ri.ta.i.　ho.do.
對啊，忙得不得了。

相　關

➔ 目が回る。
妹嘎媽哇嚕
me.ga.ma.wa.ru.
忙得團團轉。

332

歯が立たない。

哈嘎他他拿衣
ha.ga.ta.ta.na.i.
無法抗衡。

「歯が立たない」原是指東西太硬了，牙齒咬不動。引申為對方的技術或能力遠超過自己，根本不是對手的意思。或是用在難以理解、無法解開的狀況，如「難しい問題で歯がたたない」(問題太難了無法解決)。

會話1

Ⓐ 絵を 描いて みたよ。見て。

　　　世喔　咖衣貼　咪他優　咪貼
　　　e.o.　ka.i.te.　mi.ta.yo.　mi.te.

我剛剛試畫了一張畫，你看看。

Ⓑ うまい！私の 絵では 幸子に 歯が 立たない。

　　　烏媽衣　哇他吸 no　世爹哇　撒漆口你　哈嘎　他他拿衣
　　　u.ma.i.　wa.ta.shi.no.　e.de.wa.　sa.chi.ko.ni.　ha.ga.ta.ta.na.i.

畫得真好！我的畫根本比不上幸子你畫的。

會話2

Ⓐ 春日くんは わたしより 背が 高くて、運動では 歯が 立たないなあ。

　　　咖思咖哭嗯哇　哇他吸優哩　誰嘎　他咖哭貼　烏嗯兜一爹哇　哈嘎　他他拿衣拿一
　　　ka.su.ga.ku.n.wa.　wa.ta.shi.yo.ri.　se.ga.　ta.ka.ku.te.

u.n.do.u.de.wa.　ha.ga.　ta.ta.na.i.na.a.

春日長得比我高，在運動方面我是贏不了他的。

Ⓑ でも、勉強なら　あなたのほうが　上だから、いいんだ。

爹謀　　背嗯克優一拿啦　　阿拿他 no 吼一嘎　　烏廿咖啦　衣一嗯搭

de.mo.　be.n.kyo.u.na.ra.　a.na.ta.no.ho.u.ga.　u.e.da.ka.ra.　i.i.n.da.

不過，念書的話，你比較厲害啊，這樣扯平了吧！

ふいになる。

夫衣你拿嚕
fu.i.ni.na.ru.
努力卻落空。

「ふいになる」是比喻付出了努力，但最後卻是一場空，如「勉強がふいになる」即是「努力用功卻白費了」。或用於表示大好的機會卻白白浪費了。也可以説「ふいにする」，如「チャンスをふいにする」(浪費了機會)。

會話1

Ⓐ テストが 中止に なって、勉強は ふいに なった…。

貼思偷嘎　去一吸你　拿・貼　背嗯克優一哇　夫衣你拿・他

te.su.to.ga.　chu.u.shi.ni.　na.tte.　be.n.kyo.u.wa.
fu.i.ni.na.tta.

考試取消了，努力用功都白廢了…

Ⓑ 仕方が ないよ、先生が 風邪を 引いたん だから。

吸咖他嘎　拿衣優　誰嗯誰一嘎　咖賊喔　he一他嗯搭咖啦

shi.ka.ta.ga.　na.i.yo.　se.n.se.i.ga.　ka.ze.o.　hi.i.ta.n.
da.ka.ra.

沒辦法，因為老師感冒了嘛。

會話2

Ⓐ 厳しい 練習を 積んだ のに、負けて しまった。今までの 苦労が ふいに なり、悔しい！

key 逼吸一　勒嗯嘘一喔　此嗯搭　no 你　媽開貼　吸
媽・他　衣媽媽爹 no　哭摟一嘎　夫衣你　拿哩　哭呀
吸一

ki.bi.shi.i.　re.n.shu.u.o.　tsu.n.da.　no.ni.　ma.ke.te.
shi.ma.tta.　i.ma.ma.de.no.　ku.ro.u.ga.　fu.i.ni.　na.ri.
ku.ya.shi.i.

**經過了那麼嚴格的練習，竟然輸了。付出的努力都白廢
了，真不甘心！**

Ⓑ 気に　しないで、よく　やったよ！
key 你　吸拿衣爹　優哭　呀・他優
ki.ni.　shi.na.i.de.　yo.ku.　ya.tta.yo.

別在意，你已經做得很好了。

腑に落ちない。
夫你　歐漆拿衣
fu.ni.　o.chi.na.i.
不能認同。

表示對於事情的結果或説法不能心服口服。

會　話

Ⓐ この　映画、おもしろかったね。
　　ロ no　廿一嘎　歐謀吸摟咖‧他内
　　ko.no.　e.i.ga.　o.mo.shi.ra.ka.tta.ne.
　　這部電影，很有趣呢！

Ⓑ うん、でも　最後は　ちょっと…
　　烏嗯　爹謀　撒衣狗哇　　秋‧偷
　　u.n.　de.mo.　sa.i.go.wa.　cho.tto.
　　嗯，可是最後有點…

Ⓐ そうよね、あの　女が　犯人だ　というが、どうにも
　腑に　落ちないなあ。
　　搜一優内　　阿 no　歐嗯拿嘎　哈嗯你嗯搭　偷衣烏嘎
　　兜一你謀　夫你　歐漆拿衣拿一
　　so.u.yo.ne.　a.no.　o.n.na.ga.　ha.n.ni.n.da.　to.i.u.ga.
　　do.u.ni.mo.　fu.ni.　o.chi.na.i.na.a.
　　對啊，那女的是犯人的事，讓人無法認同呢！

相　關

⟳ ガッテンが　いかない。
　　嘎‧貼嗯嘎　衣咖拿衣
　　ga.tte.n.ga.　i.ka.na.i.
　　不能認同。

骨が折れる。
吼內嘎　歐勒嚕
ho.ne.ga.　o.re.ru.
十分辛苦。

「骨が折れる」本來是骨頭被折斷的意思，引申形容事情十分困難或費力，要花許多心力或勞力才能夠解決。

會　話

Ⓐ ただいま。
他搭衣媽
ta.da.i.ma.
我回來了。

Ⓑ お帰りなさい。
歐咖世哩拿撒衣
o.ka.e.ri.na.sa.i.
歡迎回來。

Ⓐ 今日は　ずいぶん　歩いて　疲れたな。
克優一哇　資衣捕嗯　阿嚕衣貼　此咖勒他拿
kyo.u.wa.　zu.i.bu.n.　a.ru.i.te.　tsu.ka.re.ta.na.
今天走了好多路，真是累。

Ⓑ 大丈夫？
搭衣糾一捕
da.i.jo.u.bu.
你還好吧？

Ⓐ ええ、年を　とると　何を　やっても　骨が　折れるねえ。

廿一　偷吸喔　偷嚕偷　拿你喔　呀‧貼謀　吼內嘎
歐勒嚕內一
e.e. to.shi.o. to.ru.to. na.ni.o. ya.tte.mo. ho.ne.ga.
o.re.ru.ne.e.

嗯，年紀大了以後，不管做什麼都很辛苦呢！

➲ 納得　させるのに　骨が　折れる。
拿‧偷哭　撒誰嚕 no 你　吼內嘎　歐勒嚕
na.to.ku. sa.se.ru.no.ni. ho.ne.ga. o.re.ru.
爲了說服對方而大費周章。

➲ 骨が　折れる　仕事を　抱える。
吼內嘎　歐勒嚕　吸狗偷喔　咖咖廿嚕
ho.ne.ga. o.re.ru. shi.go.to.o. ka.ka.e.ru.
有著非常辛苦的工作。

水に流す。
みず　なが

咪資你拿嘎思
mi.zu.ni.na.ga.su.
一筆勾銷。

説　明

將過去的恩怨都像流水一般流去，當作沒有發生。如「今までのことはさっぱりと水に流す」即為「至今的恩怨就一筆勾銷吧」。

會　話

Ⓐ 二人とも　仲直り　しなよ。
なかなお

夫他哩偷謀　拿咖拿歐哩　吸拿優
fu.ta.ri.to.mo.　na.ka.na.o.ri.　shi.na.yo.
兩個人就和好吧！

Ⓑ じゃあ、もし　大橋くんが　謝ったら、僕も　水に流すよ。
おおはし　　　　あやま　　　　ぼく　みず　なが

加一　謀吸　歐一哈吸哭嗯嘎　阿呀媽・他啦　玻哭謀
咪資你　拿嘎思優
ja.a.　mo.shi.　o.o.ha.shi.ku.n.ga.　a.ya.ma.tta.ra.
bo.ku.mo.　mi.zu.ni.　na.ga.su.yo.
那，如果大橋向我道歉的話，恩怨就一筆勾銷。

Ⓒ 常田くんこそ　謝ったら、僕も　水に　流すよ！
ときた　　　　　　あやま　　　　ぼく　みず　なが

偷key他哭嗯口搜　阿呀媽・他啦　玻哭謀　咪資你　拿
嘎思優
ot.ki.ta.ku.n.ko.so.　a.ya.ma.tta.ra.　bo.ku.mo.　mi.zu.ni.
na.ga.su.yo.
常田你才是，你道歉的話，我就當這件事沒發生過。

Ⓐ もう、けんかしたことは、お互い　水に　流せば　いい
たが　　　みず　　　なが
のに。

謀一　　開嗯咖吸他口偷哇　　歐他嘎衣　咪資你　拿嘎
誰巴　衣一 no 你
mo.u.　ke.n.ka.shi.ta.ko.to.wa.　o.ta.ga.i.　mi.zu.ni.　na.
ga.se.ba.　i.i.no.ni.

眞是的。你們就把吵架這件事當作沒發生就好了啊！

百も承知。
合呀哭謀　休一漆
hya.ku.mo.　sho.u.chi.
衆所皆知。

「百」表示數量很多，即是「非常」、「很」的意思，而「承知」
是知道的意思，故「百も承知」即為「十分理解」、「非常明白」
的意思。

也可以説「百も承知二百も合点」(ひゃくもしょうちにひゃくもが
ってん)，意思和「百も承知」相同。

會　話

Ⓐ 女の子を　ほっといて　逃げるなんて　ひどいよ。
歐嗯拿 no 口喔　吼・偷衣貼　你給嚕拿嗯貼　he 兜衣優
o.n.na.no.ko.o.　ho.tto.i.te.　ni.ge.ru.na.n.te.　hi.do.i.yo.
留女孩子一個人自己逃跑眞過分！

Ⓑ ごめん、怖すぎて…。僕はなんて　卑怯なんだ。
狗妹嗯　口哇思個衣貼　　玻哭哇拿嗯貼　he 克優一拿
嗯搭
go.me.n.　ko.wa.su.gi.te.　bo.ku.wa.na.n.te.　hi.kyo.
u.na.n.da.
對不起，因爲太可怕了。我眞的是很懦弱。

Ⓐ あなたが　卑怯だって　ことは　みんな　百も承知よ。
阿拿他嘎　　he 克優一搭・貼　口偷哇　咪嗯拿　合呀
哭謀休一漆優
a.na.ta.ga.　hi.kyo.u.da.tte.　ko.to.wa.　mi.n.na.　hya.ku.
mo.sho.u.chi.yo.
你很懦弱這件事，大家都很了解啊！

Ⓑ みんな？そんな　大げさ。
咪嗯拿　搜嗯拿　歐一給撒
mi.n.na.　so.n.na.o.o.ge.sa.
大家都知道？你也太誇張了吧！

鼻が高い。
はな　たか

哈拿嘎他咖衣
ha.na.ga.ta.ka.i.
引以爲傲。

説　明

很得意、驕傲的樣子。

會　話

Ⓐ 大学を　合格した！
だいがく　ごうかく

搭衣嘎哭喔　狗一咖哭吸他
da.i.ga.ku.o.　go.u.ka.ku.shi.ta.

我考上大學了！

Ⓑ おめでとう。新太くんみたいな　孫がいて、私も　鼻が
しんた　まご　わたし　はな
高いわ。
たか

歐妹爹偸一　　吸嗯他哭嗯咪他衣拿　媽狗嘎衣貼　哇
他吸謀　哈拿嘎　他咖衣哇
o.me.de.to.u.　shi.n.ta.ku.n.mi.ta.i.na.　ma.go.ga.i.te.
wa.ta.shi.mo.ha.na.ga.　ta.ka.i.wa.

恭喜！有新太你這樣的孫子，我也引以爲傲。

ゴマをする。

狗媽喔思嚕
go.ma.o.su.ru.
拍馬屁。

説　明

為了自己的利益而拍對方馬屁。

會　話

(A) お母さん　今日も　きれいだよね。
歐咖一撒嗯　克優一謀　key 勒一搭優內
o.ka.a.sa.n.　kyo.u.mo.　ki.re.i.da.yo.ne.
媽媽今天也很美耶！

(B) 料理も　うまいし。
溜一哩謀　烏媽衣吸
ryo.u.ri.mo.　u.ma.i.shi.
做的菜又很好吃。

(A) うん、こんな　家族で　私たち　幸せよね。
烏嗯　口嗯拿　咖走哭爹　哇他吸他漆　吸阿哇誰優內
u.n.　ko.n.na.　ka.zo.ku.de.　wa.ta.shi.ta.chi.　shi.a.wa.
se.yo.ne.
嗯，能有這樣的家人，我們眞是太幸福了！

(C) いくら　ゴマを　すっても　旅行は　行かないからね。
衣哭啦　狗媽喔　思・貼謀　溜口一哇　衣咖拿衣
咖啦內
i.ku.ra.　go.ma.o.　su.tte.mo.　ryo.ko.u.wa.　i.ka.na.i.
ka.ra.ne.
再怎麼拍馬屁，也不可能帶你們去旅行喔！

JAPAN最道地生活日語

日語表達一次到位，
網羅最常用的日語短句，
從實用問句入門，依不同情境精確回答。
從生活大小事到旅遊、商務，
無論何時何地日語表達一書上手！

日本人最常用的慣用語

精選日本人生活中最常用的慣用語、
諺語及成語配合說明及實用例句，
輕鬆記憶各種用法讓您的日文說得更道地、
對話內容更生動活潑！

背包客基本要會的日語便利句

自助背包客專屬！旅遊日語大全集！
不會半句日語的你還在擔心甚麼？！
本書帶著走，旅遊好方便！

史上最強GEPT全民英檢(中級)
聽力&口說完全破題

準備GEPT全民英檢的實用工具書！不但能幫您高分過關，英語實力也隨之大增！隨書所附的ＣＤ亦為最佳英語聽力和口說能力的自學教材，平時多聽，善加模仿，成效驚人。

史上最強GEPT全民英檢(中級)
閱讀&寫作完全破題

- ●全民英檢中級的完整資訊
- ●全民英檢中級聽力和口說能力的準備要領
- ●全民英檢中級聽力和口說能力的模擬試題
- ●企業英檢的必背500字

史上最強GEPT Pro 企業英檢
一本就夠

本書專為想要參加企業英檢的進階學習者編撰，完全掌握企業英檢的命題方向和題型。幫您高分過關，英語實力也隨之大增，讓英語變為您在職場上的最佳利器。

國家圖書館出版品預行編目資料

我的菜日文：生活會話篇 / 雅典日研所企編. -- 初版. -
- 新北市：雅典文化, 民104. 09 印刷
面； 公分. --（日語學習；6）
ISBN 978-986-5753-44-3(平裝附光碟片)

1. 日語 2. 會話
803. 188 104012058

日語學習系列 06

我的菜日文：生活會話篇

編著／雅典日研所
責編／許惠萍
美術編輯／蕭佩玲
封面設計／蕭佩玲

法律顧問：方圓法律事務所／涂成樞律師

總經銷：永續圖書有限公司
永續圖書線上購物網
www.foreverbooks.com.tw

CVS代理／美璟文化有限公司
TEL：（02）2723-9968
FAX：（02）2723-9668

出版日／2015年9月

雅典文化

出版社　22103　新北市汐止區大同路三段194號9樓之1
TEL　（02）8647-3663
FAX　（02）8647-3660

日語學習
06

我的菜日文：生活會話篇

雅致風靡　典藏文化

親愛的顧客您好，感謝您購買這本書。即日起，填寫讀者回函卡寄回至
本公司，我們每月將抽出一百名回函讀者，寄出精美禮物並享有生日當
月購書優惠！想知道更多更即時的消息，歡迎加入"永續圖書粉絲團"
您也可以選擇傳真、掃描或用本公司準備的免郵回函寄回，謝謝。

傳真電話：（02）8647-3660　　　電子信箱：yungjiuh@ms45.hinet.net

姓名：		性別：　　□男　　□女
出生日期：　　年　　月　　日		電話：
學歷：		職業：
E-mail：		
地址：□□□		
從何處購買此書：		購買金額：　　　　元
購買本書動機：□封面 □書名 □排版 □內容 □作者 □偶然衝動		
你對本書的意見： 內容：□滿意□尚可□待改進　　編輯：□滿意□尚可□待改進 封面：□滿意□尚可□待改進　　定價：□滿意□尚可□待改進		
其他建議：		

總經銷：永續圖書有限公司

永續圖書線上購物網
www.foreverbooks.com.tw

您可以使用以下方式將回函寄回。

您的回覆，是我們進步的最大動力，謝謝。

① 使用本公司準備的免郵回函寄回。

② 傳真電話：（02）8647-3660

③ 掃描圖檔寄到電子信箱：

　　yungjiuh@ms45.hinet.net

沿此線對折後寄回，謝謝。

廣 告 回 信
基隆郵局登記證
基隆廣字第056號

2 2 1 - 0 3

 雅典文化事業有限公司　收
新北市汐止區大同路三段194號9樓之1

雅致風靡　典藏文化